손에
잡히는 한국어!

韓國語，
一學
就上手！ 初級1

張莉荃
(Angela)

著

將學習韓語的目標化做行動力

　　筆者是出生於韓國首爾的韓國華僑，自小就受中、韓雙語教育，因此中文、韓文都是我的母語，爾後輾轉回到臺灣就讀大學，並在此落地生根。

　　由於出生背景擁有中、韓雙母語優勢，進而從事 20 多年韓語教學相關工作，累積了許多韓文筆譯、口譯及教學經驗，因此能明確掌握中、韓文的相異及相似之處，也促使我想透過這本書，希望帶給更多想接觸韓語的學習者，能夠有更好的學習成果，也就是我希望能讓大家在學習韓語的過程中，能夠有明確的學習目標，同時能將此目標化做更具體的實際執行力，來學習好韓語。

　　《韓國語，一學就上手！》分為〈初級 1〉、〈初級 2〉兩冊，未來還有〈進階〉的出版計畫。〈初級 1〉由「預備篇」的發音，一直到正課第 1 課～第 9 課，適合剛入門韓語的讀者學習。本書不僅由發音開始，還有貼近生活的會話、實用文法等主題及內容，更以一針見血的說明方式破解韓語學習者們在文法上的疑惑，並以系統化的無痛學習法，帶你踏上親近韓語的輕鬆學習之路。而學完〈初級 1〉，更不能錯過〈初級 2〉，因為銜接的內容，能增進韓語實力，以奠定初級韓語基礎。

　　如果您是喜歡韓國男團、女團的哈韓族，或是喜歡韓劇的追劇一族，又或是嗜吃韓國美食的老饕、喜愛到韓國旅遊的遊人，那麼絕對不能錯過這一本對韓語學習者最友善的韓語敲門磚《韓國語，一學就上手！〈初級 1〉》。

2020.6

　　《韓國語，一學就上手！〈初級 1〉》是張莉荃老師根據多年教學經驗，為韓語初學者量身打造的學習書。全書除了預備篇外，還有 9 課正課，每課學習內容如下：

重點文法提示

清楚整理該課文法重點，課前了解學習目標，學習更有效率。

會話

每課都有 2 篇會話，涵蓋食、衣、住、行各類主題，搭配 MP3 音檔，邊聽邊學，迅速提升會話能力。

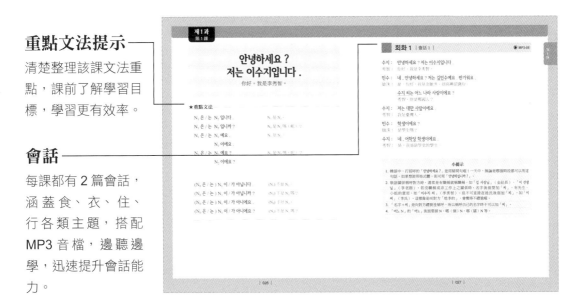

翻譯練習

練習將中文翻譯成韓文，從翻譯過程中增強韓文寫作實力。

替換練習

將 2 組不同的單字套用到會話中，多練習幾次，就能輕鬆學會日常用語。

短句練習

依照中文翻譯提示，填入正確單詞練習完成短句，加強造句實力。

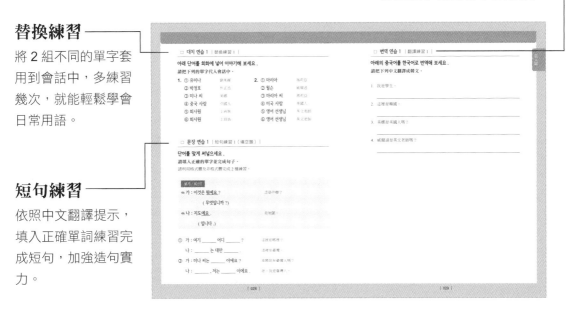

文法

詳細解說每課重點文法，使用豐富例句及表格講解，切入文法核心，讓您迅速掌握用法。

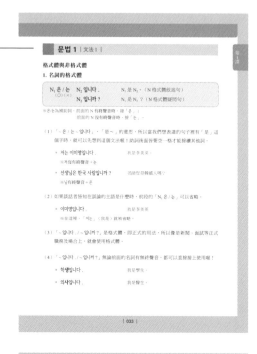

單字

羅列該課出現過的單字，用來課後複習，可加深印象，擴充單字量。

輕鬆一下

除了學會聽、說、讀、寫韓語之外，每課最後還
有韓國時下常用流行語，讓您跟上流行，即刻融
入韓國文化。

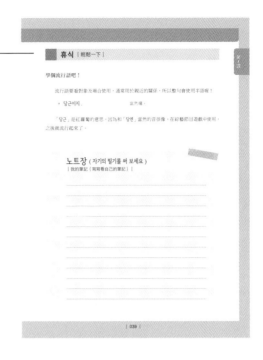

解答

附有全書 9 課練習題解答，做
完練習題後，別忘了檢測自己
的實力喔！

單字索引

全書最後的單字索引，羅列
全書出現過的單字，方便隨
時查閱與複習。

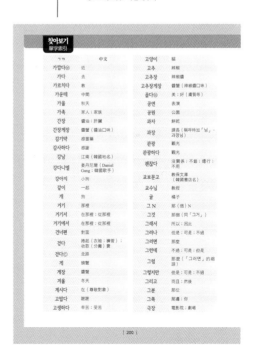

CONTENTS 目次

 제1과 第1課

안녕하세요 ? 저는 이수지입니다 .

你好？我是李秀智。

 제2과 第2課

저는 한국 드라마를 봅니다 .

我看韓劇。

CONTENTS 目次

一、韓文的由來

　　在韓文被創制以前，韓國所使用的文字也是漢字，當時的韓國跟中國一樣有階級制度，分為兩班（貴族）、平民等階級，而只有貴族才能接受教育，也因此只有貴族才能看懂漢字。

　　直到朝鮮王朝第 4 代皇帝世宗大王，認為當時是藉由漢字標記的文字，與實際上所使用的語言不同，又因一般的平民百姓難以學習及使用漢字，即使遭遇到冤枉之事，也較難解圍，對此深感遺憾，因此決定要創制出人人皆能輕易學習及使用的文字，更讓百姓皆能接受教育。

　　於是，他在 1443 年創制韓文，並於 1446 年 9 月頒布，將新創的文字命名為《訓民正音》（훈민정음），意即教導百姓正確的發音，是極具系統的表音文字。而現今被廣泛使用的「한글」（Hangeul），則是後來由近代言學家周時經（주시경）等所命名。

二、韓文的創制原理

（一）母音

母音的創制是依據宇宙中的天、地、人（即三才）的象形原理為基礎設計而成。

·：是指天，像天空的樣子，屬陽性。

—：是指地，像平坦的地的樣子，屬陰性。

ㅣ：是指人，像人站著的樣子，屬中性。

韓文母音的構成

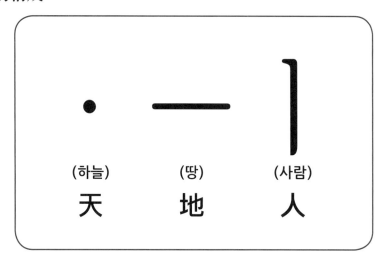

母音再以「·」、「—」、「ㅣ」為基礎，相互結合為 4 個字「ㅏ」、「ㅓ」、「ㅗ」、「ㅜ」。「ㅏ」是太陽從東邊升起的模樣，「ㅓ」是太陽在西邊日落的模樣，「ㅗ」是太陽在大地之上的模樣，「ㅜ」是太陽已日落彷彿在地底下的模樣。

（二）子音

子音的創制，則是依據發音器官的象形原理及五行的概念為基礎設計而成。

ㄱ：牙音（아음），屬木。

ㄴ：舌音（설음），屬火。

ㅁ：唇音（순음），屬土。

ㅅ：齒音（치음），屬金。

ㅇ：喉音（후음），屬水。

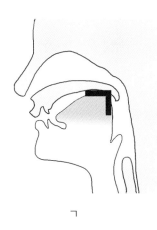

ㄱ

牙音（아음），
屬木。

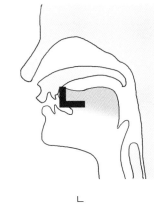

ㄴ

舌音（설음），
屬火。

ㅁ

唇音（순음），
屬土。

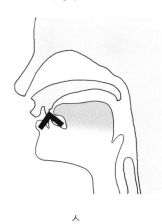

ㅅ

齒音（치음），
屬金。

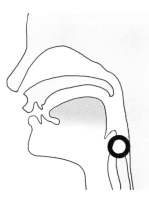

ㅇ

喉音（후음），
屬水。

其他的子音，則是以添加一劃或是一劃以上的線條創制的。

ㄱ→ㅋ

ㄴ→ㄷㅌㄹ

ㅁ→ㅂㅍ

ㅅ→ㅈㅊ

ㅇ→ㅎ

（三）韓文的音節結構

韓文是由「母音」、「子音＋母音」、「母音＋子音」、「子音＋母音＋子音」組合而成。所排列的位置分別稱為「初聲」（子音）、「中聲」（母音）、「終聲」（收尾音）。

例：공［ㄱ（초성；初聲）、ㅗ（중성；中聲）、ㅇ（종성；終聲／收尾音）］

1. 母音（ㅇ的音價為零，零聲母）

2. 子音＋母音

3. 零聲母＋母音＋子音

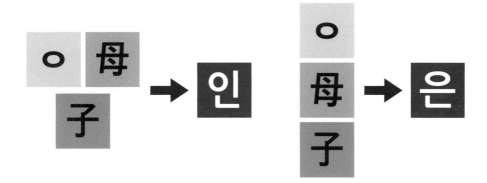

4. 子音＋母音＋子音

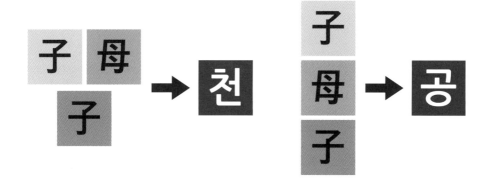

5. 零聲母＋母音＋子音＋子音

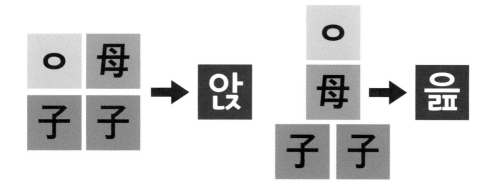

6. 子音＋母音＋子音＋子音

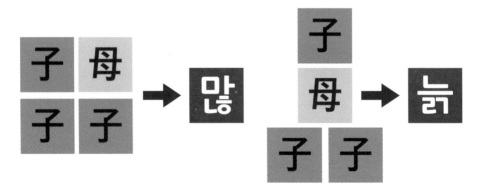

（四）韓文的母音與子音，共計 40 個音

有 21 個母音（單母音＋複母音）以及 19 個子音（基本子音＋雙子音）。

1. 單母音（단모음）：10 個

▶ MP3-02

ㅏ ㅓ ㅗ ㅜ ㅡ ㅣ ㅐ ㅔ ㅚ ㅟ

單母音	ㅏ	ㅓ	ㅗ	ㅜ	ㅡ	ㅣ	ㅐ	ㅔ	ㅚ	ㅟ
拼音	[a]	[ə]	[o]	[u]	[ɨ]	[i]	[æ]	[e]	[oe]	[wi]

單母音習寫

單母音	筆順						
아	아	아	아				
어	어	어	어				
오	오	오	오				
우	우	우	우				
으	으	으	으				
이	이	이	이				
애	애	애	애				
에	에	에	에				
외	외	외	외				
위	위	위	위				

2. 複合母音（이중모음）：11 個

> ㅑ ㅕ ㅛ ㅠ ㅒ ㅖ ㅘ ㅙ ㅝ ㅞ ㅢ

複合母音	ㅑ	ㅕ	ㅛ	ㅠ	ㅒ	ㅖ
拼音	[ya]	[ye]	[yo]	[yu]	[yæ]	[ye]

複合母音	ㅘ	ㅙ	ㅝ	ㅞ	ㅢ
拼音	[wa]	[wæ]	[wə]	[we]	[ɨi]

複合母音習寫

複合母音　　筆順

3. 子音（자음）：19 個（基本子音＋雙子音） ▶ MP3-04

基本子音	ㄱ	ㄴ	ㄷ	ㄹ	ㅁ
筆順	ㄱ	ㄴ	ㄷ	ㄹ	ㅁ
名稱	기역	니은	디귿	리을	미음
拼音	[k/g]	[n]	[t/d]	[l/r]	[m]

基本子音	ㅂ	ㅅ	ㅇ	ㅈ
筆順	ㅂ	ㅅ	ㅇ	ㅈ
名稱	비읍	시옷	이응	지읒
拼音	[p/b]	[s/sh]	[Ø]	[ch /j]

基本子音	ㅊ	ㅋ	ㅌ	ㅍ	ㅎ
筆順	ㅊ	ㅋ	ㅌ	ㅍ	ㅎ
名稱	치읓	키읔	티읕	피읖	히읗
拼音	[ch]	[k]	[t]	[p]	[h]

基本子音	ㄲ	ㄸ	ㅃ	ㅆ	ㅉ
筆順	ㄲ	ㄸ	ㅃ	ㅆ	ㅉ
名稱	쌍기역	쌍디귿	쌍비읍	쌍시옷	쌍지읒
拼音	[kk]	[tt]	[pp]	[ss]	[jj]

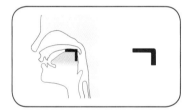

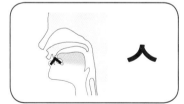

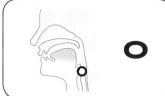

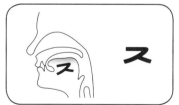

4. 子音＋母音

子音＼母音	ㅏ	ㅑ	ㅓ	ㅕ	ㅗ	ㅛ	ㅜ	ㅠ	ㅡ	ㅣ
ㄱ	가	갸	거	겨	고	교	구	규	그	기
ㄴ	나	냐	너	녀	노	뇨	누	뉴	느	니
ㄷ	다	댜	더	뎌	도	됴	두	듀	드	디
ㄹ	라	랴	러	려	로	료	루	류	르	리
ㅁ	마	먀	머	며	모	묘	무	뮤	므	미
ㅂ	바	뱌	버	벼	보	뵤	부	뷰	브	비
ㅅ	사	샤	서	셔	소	쇼	수	슈	스	시
ㅇ	아	야	어	여	오	요	우	유	으	이
ㅈ	자	쟈	저	져	조	죠	주	쥬	즈	지
ㅊ	차	챠	처	쳐	초	쵸	추	츄	츠	치
ㅋ	카	캬	커	켜	코	쿄	쿠	큐	크	키
ㅌ	타	탸	터	텨	토	툐	투	튜	트	티
ㅍ	파	퍄	퍼	펴	포	표	푸	퓨	프	피
ㅎ	하	햐	허	혀	호	효	후	휴	흐	히

5. 子音＋母音＋代表性收尾音

收尾音 子音＋母音	ㄱ	ㄴ	ㄷ	ㄹ	ㅁ	ㅂ	ㅇ
가	각	간	갇	갈	감	갑	강
나	낙	난	낟	날	남	납	낭
다	닥	단	닫	달	담	답	당
라	락	란	랃	랄	람	랍	랑
마	막	만	맏	말	맘	맙	망
바	박	반	받	발	밤	밥	방
사	삭	산	삳	살	삼	삽	상
아	악	안	앋	알	암	압	앙
자	작	잔	잗	잘	잠	잡	장
차	착	찬	찯	찰	참	찹	창
카	칵	칸	칻	칼	캄	캅	캉
타	탁	탄	탇	탈	탐	탑	탕
파	팍	판	팓	팔	팜	팝	팡
하	학	한	핟	할	함	합	항

6. 收尾音（받침）（含雙收尾音）

代表音	其他收音	例
ㄱ	ㅋ ㄲ ㄳ ㄺ	책（書）、부엌（廚房）、밖（外面）、넋（魂魄）、닭（雞）
ㄴ	ㄵ ㄶ	인천（仁川）、앉다（坐）、많다（多）
ㄷ	ㅅ ㅈ ㅊ ㅌ ㅎ ㅆ	듣다（聽）、빗（梳子）、빚（債）、빛（光）、꽃（花）、끝（結束）、히읗（ㅎ的名字）、있다（有）
ㄹ	ㄼ ㄽ ㄾ ㅀ	물（水）、여덟（八）、외곬（一昧）、핥다（舔）、잃다（失去）
ㅁ	ㄻ	봄（春天）、닮다（像）
ㅂ	ㅍ ㅄ ㄿ	아홉（九）、옆（旁邊）、없다（沒有）、읊다（朗誦）
ㅇ		방（房間）、공항（機場）、빵（麵包）

收尾音之簡易對照表

代表性收尾音	ㄱ	ㄴ	ㄷ	ㄹ	ㅁ	ㅂ	ㅇ
其他收尾音	ㄱ ㄲ ㅋ	ㄴ	ㄷ ㅌ ㅅ ㅆ ㅈ ㅊ	ㄹ	ㅁ	ㅂ ㅍ	ㅇ
	ㄳ ㄺ	ㄵ ㄶ		ㅀ ㄼ ㄽ ㄾ	ㄻ	ㅄ ㄿ	

※雙收尾音時，除了 ㄺ[ㄱ] / ㄻ[ㅁ] / ㄿ[ㅂ]發右邊的代表音之外，其餘都是發左邊的代表音。

（上圖中粉紅色的部分為代表音）

（五）韓文的句子結構（語順）

1. 主詞＋動詞

미나 씨는 자요.
主詞	動詞
美娜	睡覺

美娜在睡覺。

2. 主詞動詞子句（動詞皆在最後面）

（1）미나 씨는　밥을　먹어요.
主詞	受詞（助詞）	動詞
美娜	飯	吃

美娜在吃飯。

（2）미나 씨는　학교에　가요.
主詞	場所（助詞）	動詞
美娜	學校	去

美娜去學校。

（3）미나 씨는　식당에서　밥을　먹어요.
主詞	場所（助詞）	受詞（助詞）	動詞
美娜	餐廳（在）	飯	吃

美娜在餐廳吃飯。

3. 主詞＋形容詞

불고기가 맛있어요.
主詞（助詞）	形容詞
烤肉	好吃

烤肉好吃。

4. 主詞＋名詞

미나 씨는 대만 사람이에요.
主詞（助詞）	名詞
美娜	台灣人　是

美娜是臺灣人。

※ 는 ~이에요. 是～。

　　以上是韓文基本的句子結構與語順，部分與中文不同，尤其是動詞皆放在句尾，和中文相比，像是形成倒裝句。

三、如何運用本書打好基礎

本書中出現的三大詞性分別標示如下：

形容詞（Adjective）標示為 A

名詞（Noun）標示為 N

動詞（Verb）標示為 V

（一）韓文的文法，總共只會用 3 種形式來代入

1. 原形（A/V 去다來代入）

本書標示為⑨

例：V ⑨ㅂ / 습니다.

먹~~다~~+습니다.

저는 밥을 먹습니다.　　　　　　　　　我在吃飯。

2. 原形及過去式原形（視時態而有所不同，由 A/V 去다來代入，A/V 過去式原形 았 / 었則去다來代入。）

本書標示為⑨ / ⑳

例：A/V ⑳ 을 수 (가) 있다.

먹었~~다~~+을 수 (가) 있다.

지우 씨가 그 케이크를 먹었을 수 있어요.　　　有可能是智宇吃了那個蛋糕

3. 아 / 어 ~ 形式（非格式體一般式去요形式）

因也有約半數左右的單字，其實變化後並不會有아 / 어，所以本書標示為⑧（即非格式體一般式去요形式）

例：⑧서 ~

너무 더워서 아이스크림을 먹었어요.　　　因為太熱，所以吃了冰淇淋。

（二）韓文的不規則單字

韓文有不規則單字，除了熟悉文法之外，了解各種不規則單字如何使用於文法亦相當重要，因此本書亦分別以下列方式，讓大家輕鬆了解那些是不規則單字。

ㄹ：表示ㄹ不規則單字

ㄷ：表示ㄷ不規則單字

ㅂ：表示ㅂ不規則單字

ㅅ：表示ㅅ不規則單字

ㅎ：表示ㅎ不規則單字

ㅡ：表示ㅡ不規則單字

러：表示러不規則單字

르：表示르不規則單字

우：表示우不規則單字

※大部分的不規則變化的單字，遇到母音時都會產生變化。而這裡指的母音是「으」或「을」之類的情況，因為「ㅇ」的音價是零，所以會直接稱為母音，但為了讓大家比較好記，所以本書中皆說明為「遇到ㅇ」。

 ● 한국 노래를 들을래요 ?　　　　　要不要聽韓國歌 ?

（三）當「ㅂ不規則單字」代入文法時

很多文法會以「으」或「을」形式呈現，不過當ㅂ不規則單字要代入該文法時，「으」或「을」會變成「우」或「울」，因此本書在較常會代入的文法上，以「으/우~」或「을/울~」表達。「우~」和「울~」都是給ㅂ不規則變化的單字使用喔。

例：A/V ㄹ / 을 / 울 거예요 .

내일은 추울 거예요 .　　　　　明天可能會冷。

（四）終聲音有（○）、無（×）的標示

（○）、（×）標示的部分，（○）表示前面名詞有終聲音時使用，反之（×）表示前面的名詞沒有終聲音時使用。

例：N₁ 은 / 는 N₂ 입니다 .　　　　N₁ 是 N₂。
　　　(○)(×)

이것은 책상입니다 .　　　　這是書桌。

이것有終聲音＋은

저는 한국 사람입니다 .　　　　我是韓國人。

저沒有終聲音＋는

안녕하세요 ?
저는 이수지입니다 .

你好。我是李秀智。

★重點文法

N_1 은 / 는 N_2 입니다 .	N_1 是 N_2。
N_1 은 / 는 N_2 입니까 ?	N_1 是 N_2 嗎（呢）？
N_1 은 / 는 N_2 예요 .	N_1 是 N_2。
N_2 이에요 .	
N_1 은 / 는 N_2 예요 ?	N_1 是 N_2 嗎（呢）？
N_2 이에요 ?	

(N_0 은 / 는) N_1 이 / 가 아닙니다 .	(N_0) 不是 N_1。
(N_0 은 / 는) N_1 이 / 가 아닙니까 ?	(N_0) 不是 N_1 嗎？
(N_0 은 / 는) N_1 이 / 가 아니에요 .	(N_0) 不是 N_1。
(N_0 은 / 는) N_1 이 / 가 아니에요 ?	(N_0) 不是 N_1 嗎？

회화 1 │ 會話 1 │ ▶ MP3-08

수지 : 안녕하세요 ? 저는 이수지입니다 .
秀智 : 你好。我是李秀智。

민수 : 네 , 안녕하세요 ? 저는 김민수예요 . 반가워요 .
敏洙 : 是，你好，我是金敏洙。很高興認識你。

수지 씨는 어느 나라 사람이에요 ?
秀智，妳是哪國人？

수지 : 저는 대만 사람이에요 .
秀智 : 我是臺灣人。

민수 : 학생이에요 ?
敏洙 : 是學生嗎？

수지 : 네 , 어학당 학생이에요 .
秀智 : 是，我是語學堂的學生。

小提示

1. 韓語中，打招呼的「안녕하세요 ?」是用疑問句喔！一天中，無論是哪個時段都可以用這句話。如果想使用格式體，則可用「안녕하십니까 ?」。

2. 敬語關係稱呼對方時，通常是有職稱就稱職稱，如「김 사장님」（金社長）、「이 선생님」（李老師）。若沒職稱或非工作上之關係時，名字後面要加「씨」，有先生、小姐的意思，如「이수지 씨」（李秀智）。但不可直接在姓氏後面加「씨」，如「이씨」（李氏），這樣像是叫對方「姓李的」，會變得不禮貌喔。

3. 「名字＋씨」是向對方禮貌性稱呼，所以稱呼自己的名字時不可以加「씨」。

4. 「어느 N」的「어느」後面要接 N，哪（個）N，哪（國）N 等。

□ **대치 연습 1** | 替換練習 1 |

아래 단어를 회화에 넣어 이야기해 보세요.
請把下列的單字代入會話中。

1. ① 유미나   劉美娜
   ② 박정호   朴正浩
   ③ 미나 씨   美娜
   ④ 중국 사람   中國人
   ⑤ 회사원   上班族
   ⑥ 회사원   上班族

2. ① 마리아   瑪莉亞
   ② 윌슨   威爾遜
   ③ 마리아 씨   瑪莉亞
   ④ 미국 사람   美國人
   ⑤ 영어 선생님   英文老師
   ⑥ 영어 선생님   英文老師

□ **문장 연습 1** | 短句練習 1（填空題）|

단어를 맞게 써넣으세요.
請填入正確的單字並完成句子。

請利用格式體及非格式體完成 2 種練習。

보기 / 範例

💬 가 : 이것은 <u>뭐예요</u> ?   這是什麼？

        (무엇입니까 ?)

💬 나 : 지도<u>예요</u> .   是地圖。

        (입니다 .)

---

① 가 : 여기 _____ 어디 _____ ?   這裡是哪裡？

    나 : _____ 는 대만 _____ .   這裡是臺灣。

② 가 : 미나 씨는 _____ 이에요 ?   美娜妳是臺灣人嗎？

    나 : _____ , 저는 _____ 이에요 .   是，我是臺灣人。

□ **번역 연습 1** | 翻譯練習 1 |

아래의 중국어를 한국어로 번역해 보세요 .

請把下列中文翻譯成韓文。

1. 我是學生。

   _____

2. 這裡是韓國。

   _____

3. 美娜是美國人嗎？

   _____

4. 威爾遜是英文老師嗎？

   _____

미나 : 안녕하세요 ? 저는 미나예요 .

美娜 : 你好，我是美娜。

정우 : 안녕하세요 ? 저는 김정우예요 .

正宇 : 你好，我是金正宇。

미나 : 정우 씨는 학생이에요 ?

美娜 : 正宇，你是學生嗎？

정우 : 아니요 , 저는 학생이 아니에요 . 회사원이에요 .

正宇 : 不，我不是學生。我是上班族。

　　　　미나 씨는 학생이에요 ?

　　　　美娜妳是學生嗎？

미나 : 아니요 , 저도 학생이 아니에요 . 영어 선생님이에요 .

美娜 : 不，我也不是學生。我是英文老師。

小提示

1. 「N 도～」的「도」在此是「也」的意思。會話中正宇不是學生，美娜說「我也不是學生」所以用「저도～」。

2. 因為目前為初學階段，所以代入的句子較完整，先表達否定再說出正確的敘述。如「아니요 , 학생이 아니에요 . 회사원이에요 .」（不，我不是學生。是上班族。），實際上在生活面運用時，也可以省略為「아니요 , 회사원이에요 .」（不，是上班族。）。不過「N 否定」，平時也仍要練習喔。

3. 「아니요」可以縮寫為「아뇨」。

□ **대치 연습 2** | 替換練習 2 |

아래 단어를 회화에 넣어 이야기해 보세요.
請把下列的單字代入會話中。

1. ① 이수미　　李秀美　　　　⑥ 학생　　　　學生

　　② 박수호　　朴秀浩　　　　⑦ 수미 씨　　　秀美

　　③ 수호 씨　　秀浩　　　　　⑧ 선생님　　　老師

　　④ 선생님　　老師　　　　　⑨ 선생님　　　老師

　　⑤ 선생님　　老師　　　　　⑩ 회사원　　　上班族

2. ① 송혜인　　宋慧仁　　　　⑥ 한국 사람　　韓國人

　　② 이수철　　李秀哲　　　　⑦ 혜인 씨　　　慧仁

　　③ 수철 씨　　秀哲　　　　　⑧ 일본 사람　　日本人

　　④ 일본 사람　日本人　　　　⑨ 일본 사람　　日本人

　　⑤ 일본 사람　日本人　　　　⑩ 대만 사람　　臺灣人

□ **문장 연습 2** | 短句練習 2（填空題）|

단어를 맞게 써넣으세요.
請填入正確的單字並完成句子。

請利用格式體及非格式體完成 2 種練習。

> 보기 / 範例

💬 가 : 수미 씨는 <u>어느 나라 사람이에요</u> ?　　　秀美妳是哪一國人？

　　　　（ 어느 나라 사람입니까 ?）

💬 나 : 저는 <u>일본 사람입니다</u> .　　　　　　　我是日本人。

　　　　（ 일본 사람이에요 .）

① 가 : 정우 씨는 _____ ?　　　　　　　正宇你是韓國人嗎？

　　나 : _____ , 저는 _____ .　　　　　是，我是韓國人。

※問句中沒有疑問代名詞時，答句要有「是」或「不是」。

② 가 : 수미 씨는 _____ ?　　　　　　　秀美妳是哪一國人？

　　나 : 저는 _____ .　　　　　　　　　我是臺灣人。

※問句中有疑問代名詞時，答句沒有「是」或「不是」。TOPIK 1會有類似的考題喔！

□ 번역 연습 2 ｜翻譯練習 2｜

아래의 중국어를 한국어로 번역해 보세요 .

請把下列中文翻譯成韓文。

1. 秀美不是日本人。

　　_____

2. 我也不是日本人。

　　_____

3. 正宇是韓國人嗎？

　　_____

4. 這個不是地圖。

　　_____

문법 1 | 文法 1 |

格式體與非格式體

1. 名詞的格式體

N₁ 은 / 는　　N₂ 입니다 .　　　　N₁ 是 N₂。（N 格式體敘述句）
　（○）（×）
　　　　　　　N₂ 입니까 ?　　　　N₁ 是 N₂ ?（N 格式體疑問句）

※은/는為補助詞，前面的 N 有終聲音時，接「은」；
　　　　　　　　前面的 N 沒有終聲音時，接「는」。

（1）「～은 / 는～입니다」，「是～」的意思，所以當我們想表達的句子裡有「是」這
　　　個字時，就可以先想到這個文法喔！助詞後面皆要空一格才能接續其他詞。

- 저는 이미영입니다 .　　　　　　我是李美英。

　※저沒有終聲音＋는

- 선생님은 한국 사람입니까 ?　　老師您是韓國人嗎？

　※님有終聲音＋은

（2）如果談話者皆知在談論的主語是什麼時，前段的「N₁ 은 / 는」可以省略。

- 이미영입니다 .　　　　　　　　我是李美英

　※在這裡，「저는」（我是）就被省略。

（3）「～입니다 . / ～입니까 ?」是格式體，即正式的用法，所以像是新聞、面試等正式
　　　職務及場合上，就會使用格式體。

（4）「～입니다 . / ～입니까 ?」無論前面的名詞有無終聲音，都可以直接接上使用喔！

- 학생입니다 .　　　　　　　　　我是學生。

- 의사입니다 .　　　　　　　　　我是醫生。

2. 名詞的非格式體

N₁ 은 / 는　N₂ 예요.　（ ✕ ）　　　N₁ 是 N₂。（N 非格式體敘述句）
　　（○）（✕）
　　　　　　N₂ 이에요.　（ ○ ）

N₁ 은 / 는　N₂ 예요 ?　（ ✕ ）　　　N₁ 是 N₂ ?（N 非格式體疑問句）
　　（○）（✕）
　　　　　　N₂ 이에요 ?　（ ○ ）

（1）「N 非格式體」常用於非正式的對象與場合，所以在連續劇，日常生活中很常
　　　聽到、用到非格式體喔！而「예요 / 이에요」的使用則要看前面的名詞有沒有終聲
　　　音。
　　　N若有終聲音接「이에요」，沒有終聲音接「예요」。

　　● 저는 학생이에요.　　　　　　　　我是學生。

　　● 의사예요.　　　　　　　　　　　是醫生。（前段同樣可省略）

（2）非格式體無論是敘述句或疑問句，句尾的字皆相同。都是「요」結尾，所以語調
　　　就更為重要，一般來說疑問句的句尾語調會微微上揚↗喔。

문법 2 | 文法 2 |

名詞的否定法

1. 名詞否定（格式體）

> N₁ 이 / 가   아닙니다 .   不是 N₁。（N 否定格式體敘述句）
> (○) (×)
>   아닙니까 ?   不是 N₁ ?（N 否定格式體疑問句）

※이/가為主格助詞，前面的N有終聲音時，接「이」，沒有終聲音時，接「가」。

（1）「～이 / 가 아닙니다」，「不是～」的意思。在要被否定的 N 後面加上助詞，再加「아닙니다」，就是一個簡單的否定句喔！

- 학생이 아닙니다 .   不是學生。

  ※학생有終聲音＋이

- 가수가 아닙니다 .   不是歌手。

  ※가수沒有終聲音＋가。

（2）延伸補充：若想把主語也加入句子時。

> N₀ 은 / 는   N₁ 이 / 가   아닙니다.   N₀不是N₁。
> (○) (×)   (○) (×)

- 저는 학생이 아닙니다 .   我不是學生。
  N₀   N₁   N₀   N₁

- 미영 씨는 가수가 아닙니까 ?   美英不是歌手嗎？
  N₀   N₁   N₀   N₁

（3）「아닙니다」單獨使用時，也有「不是 / 不客氣 / 哪裡哪裡（謙虛時的表現）」之意。

- 가 : 감사합니다 .   謝謝。

- 나 : 아닙니다 .   不客氣。

2. 名詞否定（非格式體）

N₁ 이／가   아니에요.   不是 N₁。（N 否定非格式體敘述句）
（○）（×）
　　　　　　　아니에요？   不是 N₁？（N 否定非格式體疑問句）

（1）「～이／가 아니에요」，「不是～」的意思。在要被否定的 N 後面加上助詞，再加上「아니에요」，就是一個簡單的否定句。

* 학생이 아니에요.　　　　　　不是學生。

* 가수가 아니에요.　　　　　　不是歌手。

（2）延伸補充：若想把主語也加入句子時。

　　N₀ 은／는   N₁ 이／가   아니에요.　　　N₀不是N₁。
　　　（○）（×）　　（○）（×）

* 저는 학생이 아니에요.　　　　我不是學生。
　　N₀　　N₁　　　　　　　　　　N₀　　　N₁

* 미영 씨는 가수가 아니에요？　　美英不是歌手嗎？
　　N₀　　　N₁　　　　　　　　　N₀　　　　N₁

（3）「아니에요」與「아닙니다」相同，也可以單獨使用於「不是／不客氣／哪裡哪裡（謙虛時的表現）」之意思上。

單字代文法練習

1. N 입니까 ？ ／ N 예요 / 이에요 ？

單字	N 입니까 ？	N 예요 / 이에요 ？
학생 學生	학생입니까 ？	학생이에요 ？
가수 歌手	가수입니까 ？	가수예요 ？
책상 書桌	책상입니까 ？	책상이에요 ？
의자 椅子	의자입니까 ？	의자예요 ？

2. N 입니다 . ／ N 예요 / 이에요 .

單字	N 입니다 .	N 예요 / 이에요 .
학생 學生	학생입니다 .	학생이에요 .
가수 歌手	가수입니다 .	가수예요 .
책상 書桌	책상입니다 .	책상이에요 .
의자 椅子	의자입니다 .	의자예요 .

3. N 이 / 가 아닙니다 . ／ N 이 / 가 아니에요 .

單字	N 이 / 가 아닙니다 .	N 이 / 가 아니에요 .
학생 學生	학생이 아닙니다 .	학생이 아니에요 .
가수 歌手	가수가 아닙니다 .	가수가 아니에요 .
책상 書桌	책상이 아닙니다 .	책상이 아니에요 .
의자 椅子	의자가 아닙니다 .	의자가 아니에요 .

저	**N** 我（謙遜用法）	직장인	**N** 上班族
나라	**N** 國家	기자	**N** 記者
사람	**N** 人	반가워요	**A** 很高興認識你／見到你 （原形為「반갑다」）
한국	**N** 韓國	대만 사람	**N** 臺灣人（國名＋사람）
대만	**N** 臺灣	이것	**N** 這個（同「이거」）
중국	**N** 中國	그것	**N** 那個（同「그거」）
일본	**N** 日本	저것	**N** 那個（同「저거」） （最遠的）
미국	**N** 美國	무엇	**N** 什麼（同「뭐」）
독일	**N** 德國	누구	**N** 誰
프랑스	**N** 法國	어디	**N** 哪裡？
영국	**N** 英國	여기	**N** 這裡
네	**感嘆詞** 是（可與「예」替換使用）	거기	**N** 那裡
아니요	**感嘆詞** 不	저기	**N** 那裡（最遠的）
학생	**N** 學生	지도	**N** 地圖
어학당	**N** 語學堂	한국어책	**N** 韓文書
회사원	**N** 上班族	～도	**助詞** ～也

휴식 | 輕鬆一下 |

學個流行語吧！

流行語要看對象及場合使用，通常用於親近的關係，所以整句會使用半語喔！

- 당근이지.　　　　　　　　當然囉。

「당근」是紅蘿蔔的意思，因為和「당연」當然的音很像，在綜藝節目遊戲中使用，之後就流行起來了。

노트장 (자기의 필기를 써 보세요)
| 我的筆記（寫寫看自己的筆記）|

저는 한국 드라마를 봅니다.

我看韓劇。

★重點文法

V 原 ㅂ / 습니다 . （在）V。

V 原 ㅂ / 습니까 ? （在）V 嗎？

(N_0 은 / 는) N_1 을 / 를 V （N_0）VN_1

(N_0 은 / 는) N_1 에 V （N_0）VN_1

(N_0 은 / 는) N_1 에서 V （N_0）在 N_1V

안 V 不 V

V 原 지 않다 不 V

회화 1 | 會話 1 |

▶ MP3-11

수지 : <u>민수</u> 씨 , 어디에 갑니까 ?
秀智：敏洙，你去哪？

민수 : 저는 <u>도서관</u>에 갑니다 .
敏洙：我去圖書館。

      <u>수지</u> 씨는 어디에 갑니까 ?
      秀智，妳去哪？

수지 : 저는 <u>집</u>에 갑니다 .
秀智：我回家。

      <u>집에서</u> 한국 드라마를 봅니다 .
      在家看韓劇。

□ **대치 연습 1** | 替換練習 1 |

아래 단어를 회화에 넣어 이야기해 보세요.
請把下列的單字代入會話中。

1. ① 정민　　　　　正民
   ② 회사　　　　　公司
   ③ 소영　　　　　小英
   ④ 커피숍　　　　咖啡廳
   ⑤ 커피숍　　　　咖啡廳
   ⑥ 친구를 만나다　見朋友

2. ① 희철　　　　　希哲
   ② 학교　　　　　學校
   ③ 수민　　　　　秀敏
   ④ 공원　　　　　公園
   ⑤ 공원　　　　　公園
   ⑥ 운동하다　　　運動

□ **문장 연습 1** | 短句練習 1（填空題）|

단어를 맞게 써넣으세요.
請填入正確的單字並完成句子。

> **보기** / 範例
>
> 💬 가 : 수지 씨, 어디에 <u>갑니까</u>?　　　　秀智，妳去哪裡？
>
> 💬 나 : <u>학교에 갑니다</u>.　　　　（我）去學校。

① 가 : ＿＿＿＿＿ 갑니까?　　　　你去哪裡？

　 나 : 도서관에 ＿＿＿＿＿.　　　　我去圖書館。

② 가 : 도서관 ＿＿＿＿＿ 무엇을 ＿＿＿＿＿?　　在圖書館做什麼？

　 나 : ＿＿＿＿＿＿＿＿＿.　　　　在圖書館唸書。

* 무엇을 = 뭘

□ **번역 연습 1** | 翻譯練習 1 |

아래의 중국어를 한국어로 번역해 보세요 .
請把下列中文翻譯成韓文。

1. 我去咖啡廳。

   _____

2. 敏洙買什麼？

   _____

3. 秀智在咖啡廳見朋友。

   _____

4. 朋友在公司工作。

   _____

민수 : 수지 씨 , 도서관에 갑니까 ?
敏洙 : 秀智，妳去圖書館嗎？

수지 : 네 , 도서관에 갑니다 . 민수 씨는 집에 갑니까 ?
秀智 : 是，我去圖書館。敏洙，你要回家嗎？

민수 : 아니요 , 지금 집에 안 갑니다 .
敏洙 : 不，我現在不回家。

수지 : 그럼 어디에 갑니까 ?
秀智 : 那你要去哪裡？

민수 : 서점에 갑니다 . 서점에서 책을 삽니다 .
敏洙 : 我要去書局。在書局買書。

□ 대치 연습 2 │替換練習 2│

아래 단어를 회화에 넣어 이야기해 보세요 .

請把下列的單字代入會話中。

1. ① 집   家   ⑥ 영화관   電影院
   ② 집   家   ⑦ 영화를 보다   看電影
   ③ 식당   餐廳
   ④ 식당   餐廳
   ⑤ 영화관   電影院

2. ① 학교   學校   ⑥ 우체국   郵局
   ② 학교   學校   ⑦ 소포를 부치다   寄包裹
   ③ 도서관   圖書館
   ④ 도서관   圖書館
   ⑤ 우체국   郵局

□ 문장 연습 2 │短句練習 2（填空題）│

단어를 맞게 써넣으세요 .

請填入正確的單字並完成句子。

請完成 2 種否定句的練習。

보기 / 範例

💬 가 : 식당에 갑니까 ?   你去餐廳嗎？

💬 나 : 아니요 , 식당에 <u>안 갑니다</u> .   不，我不去餐廳。
                  （ 가지 않습니다 .）

① 가 : _____ 를 마십니까 ?　　　　　　　你在喝咖啡嗎 ?

　　나 : 아니요 , _____ .　　　　　　　　不 , 我不喝咖啡。

　　　　_____ 마십니다 .　　　　　　　　我在喝果汁。

② 가 : _____ 에서 _____ 을 _____ ?　　你在圖書館看書嗎 ?

　　나 : 아니요 , _____ 에서 _____ 을 _____ .　不 , 我不在圖書館看書。

　　　　커피숍 _____ 친구 _____ 만납니다 .　我在咖啡廳見朋友。

□ **번역 연습 2** | 翻譯練習 2 |

아래의 중국어를 한국어로 번역해 보세요 .
請把下列中文翻譯成韓文。

1. 我在家看電視。

　　_____

2. 秀敏在咖啡廳喝咖啡。

　　_____

3. 我不去公司。

　　_____

4. 我不在家吃飯。

　　_____

문법 1 | 文法 1 |

動詞的格式體

> V �原ㅂ / **습니다** .　　　　　（V 格式體敘述句）
>
> V �原ㅂ / **습니까** ?　　　　　（V 格式體疑問句）

※用V原形來代入（原形的다要去掉）

　　格式體都是用於正式的場合及對象。

　　V 的原形都有「다」，要代入文法時「다」都要去掉再代入，方法如下：

1.

| 사다
買 | → 1) 사 | 去「다」。 |
| | → 2) 삽니다 ./ 삽니까 ? | 「사」沒有終聲音，加「ㅂ니다./ㅂ니까?」。 |

2.

| 먹다
吃 | → 1) 먹 | 去「다」。 |
| | → 2) 먹습니다 ./ 먹습니까 ? | 「먹」有終聲音，加「습니다./습니까?」。 |

3.

만들다ㄹ 做	→ 1) 만들	去「다」。
	→ 2) 만드	遇到「ㅅ」、「ㄴ」、「ㅂ」（史奴比）之一，「ㄹ」脫落。
	→ 3) 만듭니다 ./ 만듭니까 ?	「드」沒有終聲音，加「ㅂ니다./ㅂ니까?」。

※ㄹ不規則：

（1）將ㄹ不規則單字代入文法時，若遇到「ㅅ」、「ㄴ」、「ㅂ」之一（可記為史奴比之一較好記），「ㄹ」就要脫落，而不規則要比對的位置是「每個單字都會代入的第一個字（初聲）」。

（2）以該文法來說，「Vㅂ/습니다」，「ㅂ」和「습」是二擇一（視單字有無終聲音），因此代入「ㅂ」的單字不會代到「습」；相對的代入「습」的單字不會代到「ㅂ」，所以「ㄴ」才是每個單字都會代到的第一個字的初聲，因此「ㄹ」要脫落。

（3）所有的不規則變化單字都必須先變化完再代入文法中。

4.

듣다ⓒ 聽	→ 1) 듣	去「다」。
	→ 2) 듣습니다./ 듣습니까 ?	「듣」有終聲音，加「습니다./ 습니까 ?」。

※ ㄷ 不規則：

（1）並非所有「ㄷ」結尾的單字都是「ㄷ不規則」。

（2）「듣다」是 ㄷ 不規則單字。

（3）當 ㄷ 不規則單字，遇到「ㅇ」時，「ㄷ」變成「ㄹ」，但此文法沒有「ㅇ」，所以無需變化。

5.

돕다ⓗ 幫助	→ 1) 돕	去「다」。
	→ 2) 돕습니다./ 돕습니까 ?	「돕」有終聲音，加「습니다./ 습니까 ?」。

※ ㅂ 不規則：

（1）並非所有「ㅂ」結尾的單字都是「ㅂ不規則」。

（2）「돕다」是 ㅂ 不規則單字。

（3）當 ㅂ 不規則單字，遇到「ㅇ」時，「ㅂ」脫落，遇到要代入的文法的第一個母音，該母音要變成「ㅜ」但此文法沒有「ㅇ」，所以無需變化。

문법 2 ｜文法 2 ｜

動詞活用（入門）

1. 基本句型

（1）N₁ 을 / 를 V　　VN₁【翻譯方法：吃 (V) 飯 (N₁)】
　　　（○）（×）

①「을 / 를」為目的格助詞，也可說是受格助詞，後面一定接 V，前面的 N 若有
　終聲音接「을」，沒有終聲音接「를」。

* 불고기를 먹습니다 .　　　　　　吃烤肉。

　※불고기的기沒有終聲音＋를

* 설렁탕을 먹습니다 .　　　　　　吃雪濃湯。

　※설렁탕的탕有終聲音＋을

② 若要加主語時

N₀ 은 / 는 N₁ 을 / 를 V	N₀ VN₁
（○）（×）　（○）（×）	

* 저는 불고기를 먹습니다 .　　　我吃烤肉。

* 친구는 설렁탕을 먹습니다 .　　朋友吃雪濃湯。

（2）N₁ 에 V　　V N₁【翻譯方法：去 (V) 公司 (N₁)】

①「에」有很多用法，在該文法中是地點助詞。是「單一點」的地點助詞，如「去～
　哪邊 / 來～哪邊 / 寫在～哪邊」等。

* 회사에 갑니다 .　　　　　　　去公司。

* 집에 갑니다 .　　　　　　　　回家。

* 노트에 씁니다 .　　　　　　　寫在筆記本上。

② 若要加主語時

$$N_0 은 / 는 N_1 에 V \quad N_0 V N_1$$
$$(○)(×)$$

- 저는 회사에 갑니다 .　　　　　我去公司。

- 친구는 마트에 갑니다 .　　　　朋友去大賣場。

（3）<u>N_1 에서 V</u>　①在 N_1 V【翻譯方法：在家 (N_1) 休息 (V)】
地點　　或 V 子句　②從 N_1 V【翻譯方法：從臺灣 (N_1) 去 (V)】

① 에서 : 在 N 哪邊 V 做什麼動作，為地點助詞。

- 집에서 쉽니다 .　　　　　　在家休息。

- 식당에서 밥을 먹습니다 .　　在餐廳吃飯。

② 에서 : 從 N 哪邊 V，「에서」在這裡是起始點的地點助詞。

- 대만에서 갑니다 .　　　　　　從臺灣去。

- 회사에서 갑니다 .　　　　　　從公司去。

③ 若要加主語時

$$N_0 은 / 는 N_1 에서 V \quad N_0 在 N_1 V$$
$$或 V 子句$$

- 저는 집에서 쉽니다 .　　　　　我在家休息。

- 친구는 도서관에서 공부합니다 .　　朋友在圖書館唸書。

- 미나 씨는 식당에서 밥을 먹습니다 .　美娜在餐廳吃飯。

2. 「하다」結尾的動詞

　　因為韓文不像中文，有些單字既可當 N 又可當 V 使用（如：運動等），而韓文 N 和 V 的文法不同，所以有很多 N 是加了「하다」形成 V。

N 을 / 를 하다 ↔ N 하다

- 공부를 합니다 . ↔ 공부합니다 .　　唸書、溫習課業。

- 운동을 합니다 . ↔ 운동합니다 .　　運動。

문법 3 ｜文法 3 ｜

動詞否定

1. 안 V　　不 V

- 안 갑니다 .　　　　　　　　　　不去。

- 밥을 안 먹습니다 .　　　　　　　不吃飯。

※「N을/를 하다」形成的「N하다」，用「안」做否定句時，「안」要在「하다」前面。

- 가 : 미나 씨는 운동합니까 ?　　美娜妳有在運動嗎？

  나 : 아니요 , (운동을) 안 합니다 .　　不，我不運動。

※因為是答句，雙方都知道在談論的是「運動」，所以（운동을）也可省略。

- 가 : 운동을 좋아합니까 ?　　喜歡運動嗎？

  나 : 아니요 , (운동을) 안 좋아합니다 .　　不，我不喜歡運動。

※「좋아하다」雖然也是「하다」結尾，但它原本就是一個單字，所以不能用「안」拆開。

2. V 原 지 않다　　不 V (較正式)

- 가지 않습니다 .　　　　　　　　不去。

- 밥을 먹지 않습니다 .　　　　　　不吃飯。

- 운동을 하지 않습니다 . = 운동하지 않습니다 .　　不運動。

單字代文法練習

	肯定句	否定句
드라마를 보다 看連續劇	드라마를 봅니다 .	드라마를 안 봅니다 . 드라마를 보지 않습니다 .
책을 읽다 看書	책을 읽습니다 .	책을 안 읽습니다 . 책을 읽지 않습니다 .
차를 마시다 喝茶	차를 마십니다 .	차를 안 마십니다 . 차를 마시지 않습니다 .
놀다ㄹ 玩	놉니다 .	안 놉니다 . 놀지 않습니다 .
숙제하다 做作業	숙제합니다 .	숙제를 안 합니다 .
	숙제를 합니다 .	숙제하지 않습니다 . 숙제를 하지 않습니다 .
친구를 만나다 見朋友	친구를 만납니다 .	친구를 안 만납니다 . 친구를 만나지 않습니다 .
학교에 가다 去學校	학교에 갑니다 .	학교에 안 갑니다 . 학교에 가지 않습니다 .
영화관에 가다 去電影院	영화관에 갑니다 .	영화관에 안 갑니다 . 영화관에 가지 않습니다 .
집에서 쉬다 在家休息	집에서 쉽니다 .	집에서 안 쉽니다 . 집에서 쉬지 않습니다 .
식당에서 밥을 먹다 在餐廳吃飯	식당에서 밥을 먹습니다 .	식당에서 밥을 안 먹습니다 . 식당에서 밥을 먹지 않습니다 .

단어 | 單字 | ▶ MP3-13

韓文	中文	韓文	中文
무슨 + N	什麼 N	회사	**N** 公司
무엇을 + V	V 什麼 （무엇可縮寫成뭐； 무엇을可縮寫成뭘）	텔레비전	**N** 電視 （television）
도서관	**N** 圖書館	지금	**N** 現在
커피숍 / 카페	**N** 咖啡廳 （coffee shop/café）	그럼 （그러면的縮寫）	**ADV** 那麼
여기에서 ↔ 여기서	在這裡；從這裡	서점	**N** 書局
거기에서 ↔ 거기서	在那裡；從那裡	사다	**V** 買
저기에서 ↔ 저기서	在那裡；從那裡 （最遠的）	가다	**V** 去
집	**N** 家	먹다	**V** 吃
책	**N** 書	만들다ㄹ	**V** 做；製作
학교	**N** 學校	듣다ㄷ	**V** 聽
공원	**N** 公園	돕다ㅂ	**V** 幫助
소포	**N** 包裹	만나다	**V** 見面；交往
편지	**N** 信	일하다 （일을 하다）	**V** 工作
영화관	**N** 電影院	운동하다 （운동을 하다）	**V** 運動
극장	**N** 電影院；劇場	부치다	**V** 寄；煎
커피	**N** 咖啡	읽다	**V** 閱讀；唸
주스	**N** 果汁		

學個流行語吧！

- 엄친아　　　　　　　　　　媽朋兒（媽媽朋友的兒子）

「엄친아」（媽朋兒）是「엄마 친구 아들」（媽媽朋友的兒子）的縮語。「엄친아」是形容個性、頭腦、外貌等，各方面都很優秀的男生。

- 엄친딸　　　　　　　　　　媽朋女（媽媽朋友的女兒）

「엄친딸」（媽朋女）同樣是「엄마 친구 딸」（媽媽朋友的女兒）的縮語。「엄친딸」也一樣是形容在各方面都很優秀的女生。

　因很多媽媽們很喜歡說她朋友的子女有多棒，所以產生出了這種流行語喔，其實每個孩子都有優點，媽媽們請不要過於比較喔！

노트장 (자기의 필기를 써 보세요)
｜ 我的筆記（寫寫看自己的筆記）｜

불고기가 맛있습니다 .

烤肉很好吃。

★重點文法

A (原) ㅂ / 습니다 .	A。
A (原) ㅂ / 습니까 ?	A 嗎？
N 이 / 가 A	N（很）A
N 은 / 는 A	N（很）A
N_1 은 / 는 N_2 이 / 가 A	$N_1 N_2$（很）A
A_1 고 A_2	又 A_1 又 A_2
N 이 / 가 A_1 (原) 고 A_2	N 又 A_1 又 A_2
N_1 은 / 는 A_1 (原) 고 N_2 은 / 는 A_2	$N_1 A_1$（而）$N_2 A_2$
안 A	不 A
A (原) 지 않다	不 A

리나 : 한국은 오늘 날씨가 어떻습니까 ?
莉娜 : 韓國今天天氣如何 ?

민수 : 아주 덥습니다 .
敏洙 : 很熱 。

대만도 덥습니까 ?
臺灣也熱嗎 ?

리나 : 네 , 대만도 아주 덥습니다 .
莉娜 : 是 ， 臺灣也很熱 。

그래서 아이스크림을 먹습니다 .
所以 ， 我在吃冰淇淋 。

□ 대치 연습 1 | 替換練習 1 |

아래 단어를 회화에 넣어 이야기해 보세요 .

請把下列的單字代入會話中。

1. ① 미국　　　　美國　　　⑥ 춥다　　　　　冷
　 ② 춥다　　　　冷　　　　⑦ 설렁탕　　　　雪濃湯
　 ③ 한국　　　　韓國
　 ④ 춥다　　　　冷
　 ⑤ 한국　　　　韓國

2. ① 일본　　　　日本　　　⑥ 쌀쌀하다　　　涼
　 ② 쌀쌀하다　　涼　　　　⑦ 샤부샤부　　　涮涮鍋
　 ③ 중국　　　　中國
　 ④ 쌀쌀하다　　涼
　 ⑤ 중국　　　　中國

□ 문장 연습 1 | 短句練習 1（填空題）|

단어를 맞게 써넣으세요 .

請填入正確的單字並完成句子。

> **보기 /** 範例
>
> 💬 가 : 아이스크림이 <u>맛있습니까</u> ? (맛있다)　　冰淇淋好吃嗎 ?
>
> 💬 나 : 네 , <u>맛있습니다</u> . (맛있다)　　是 , 好吃。

① 가 : 귤이 _____ ? (어떻다)   橘子怎麼樣？（如何？）

  나 : 아주 _____ . (달다)   很甜。

② 가 : 떡볶이가 _____ ? (맵다)   炒年糕辣嗎？

  나 : 네 , _____ . 하지만 _____ . (맵다 / 맛있다)   是，會辣，但是好吃。

□ **번역 연습 1** | 翻譯練習 1 |

아래의 중국어를 한국어로 번역해 보세요 .
請把下列中文翻譯成韓文。

1. 橘子很酸。

   _____

2. 房子很大。

   _____

3. 臺灣很美。

   _____

4. 秀美眼睛很漂亮。

   _____

회화 2 ｜會話 2｜

수지 : 뭐가 맛있습니까 ?
秀智 : 什麼好吃呢？

민수 : <u>떡볶이가</u> 맛있습니다 .
敏洙 : 炒年糕好吃。

수지 : <u>떡볶이는</u> 맵지 않습니까 ?
秀智 : 炒年糕不辣嗎？

민수 : 조금 맵습니다 . 그럼 <u>불고기는</u> 어떻습니까 ?
敏洙 : 有點辣。那烤肉怎麼樣呢？

<u>불고기는</u> 안 맵고 맛있습니다 .
烤肉不辣而且又好吃。

수지 : 좋습니다 .
秀智 : 好啊。

小提示

會話中秀智提到的「떡볶이」和後面提到的「불고기」都屬於這段對話中的舊訊息，所以用「은 / 는」喔。

□ **대치 연습 2** | 替換練習 2 |

아래 단어를 회화에 넣어 이야기해 보세요 .
請把下列單字加上助詞代入會話中。

1. ① 귤　　　　　橘子　　　⑥ 사과　　　　蘋果
　 ② 귤　　　　　橘子　　　⑦ 시다　　　　酸
　 ③ 시다　　　　酸
　 ④ 시다　　　　酸
　 ⑤ 사과　　　　蘋果

2. ① 불고기　　　烤肉　　　⑥ 설렁탕　　　雪濃湯
　 ② 불고기　　　烤肉　　　⑦ 짜다　　　　鹹
　 ③ 짜다　　　　鹹
　 ④ 짜다　　　　鹹
　 ⑤ 설렁탕　　　雪濃湯

□ **문장 연습 2** | 短句練習 2 (填空題) |

단어를 맞게 써넣으세요 .
請填入正確的單字並完成句子。

> **보기 / 範例**
>
> 💬 가 : 비빔밥이 <u>어떻습니까</u> ? (어떻다)　　　拌飯如何 ?
>
> 💬 나 : <u>맛있고</u> <u>쌉니다</u> . (맛있다 / 짜다)　　又好吃又便宜。

① 가 : 집이 _____ ? (좋다)　　　　　　　房子好嗎？

　　나 : 네 , _____ 고 _____ . (크다 / 좋다)　　是，又大又好。

② 가 : 비빔밥이 _____ ? (맵다)　　　　　　拌飯辣嗎？

　　나 : 아니요 , _____ 지 않고 _____ . (맵다 / 맛있다)　不，不辣，而且好吃。

□ **번역 연습 2** │ 翻譯練習 2 │

아래의 중국어를 한국어로 번역해 보세요 .
請把下列中文翻譯成韓文。

1. 這橘子很大又很甜。

_____

2. 韓國今天天氣不熱。（請寫出 2 種否定句）

_____

_____

3. 泡菜好吃嗎？

_____

4. 泡菜有點辣，但是好吃。

_____

形容詞的格式體（文法和動詞的相同）

> A ⑩ㅂ / 습니다.　　　　　（A 格式體敘述句）
>
> A ⑩ㅂ / 습니까？　　　　（A 格式體疑問句）

※用A原形來代入（原形的다要去掉）

　　凡格式體都是用於正式的場合及對象。

　　A 的原形都有「다」要代入文法時「다」都要去掉再代，方法如下：

1.

크다⊖ 大	→ 1) 크	去「다」。
	→ 2) 큽니다./큽니까？	「크」沒有終聲音，加「ㅂ니다./ㅂ니까？」。

2.

작다 小	→ 1) 작	去「다」。
	→ 2) 작습니다./작습니까？	「작」有終聲音，加「습니다./습니까？」。

3.

길다⊜ 長	→ 1) 길	去「다」。
	→ 2) 기	遇到「ㅅ」、「ㄴ」、「ㅂ」（史奴比）之一，「ㄹ」脫落。
	→ 3) 깁니다./깁니까？	「기」沒有終聲音，加「ㅂ니다./ㅂ니까？」。

※ㄹ不規則：

（1）將ㄹ不規則單字代文法時，若遇到「ㅅ」、「ㄴ」、「ㅂ」之一（可記為史奴比之一較好記），「ㄹ」就要脫落，而ㄹ不規則要比對的位置是「每個單字都會代入的第一個字（初聲）」。

（2）以該文法來說，「Aㅂ/습니다」，「ㅂ」和「습」是二擇一（視單字有無終聲音），因此代入「ㅂ」的單字不會代到「습」；相對的代入「습」的單字也不會代到「ㅂ」，所以「ㄴ」才是每個單字都會代到的第一個字的初聲，因此「ㄹ」要脫落。

（3）所有的不規則變化單字都須要先變化完再代入文法中。

4.

덥다ⓑ 熱	→ 1) 덥	去「다」。
	→ 2) 덥습니다 ./ 덥습니까 ?	「덥」有終聲音，加「습니다 ./ 습니까 ?」。

※ ㅂ 不規則：

（1）並非所有「ㅂ」結尾的單字都是「ㅂ不規則」。

（2）「덥다」是ㅂ不規則單字。

（3）當「ㅂ不規則」單字，遇到「ㅇ」時，「ㅂ」脫落，遇到要代入的文法的第一個母音，該母音要變成「ㅜ」但此文法沒有「ㅇ」，所以無需變化。

5.

어떻다ⓗ 怎麼樣	→ 1) 어떻	去「다」。
	→ 2) 어떻습니까 ?	「떻」有終聲音，加「습니까 ?」。

※ ㅎ 不規則：

（1）並非所有「ㅎ」結尾的單字都是「ㅎ不規則」。

（2）「어떻다」是ㅎ不規則單字。

（3）當「ㅎ不規則」單字遇到「ㅇ」時，「ㅎ」脫落，但此文法沒有「ㅇ」，所以無需變化。

6.

낫다ⓢ 比較好	→ 1) 낫	去「다」。
	→ 2) 낫습니다 ./ 낫습니까 ?	「낫」有終聲音，加「습니다 ./ 습니까 ?」。

※ ㅅ 不規則：

（1）並非所有「ㅅ」結尾的單字都是「ㅅ不規則」。

（2）「낫다」是ㅅ不規則單字。

（3）當「ㅅ不規則」單字遇到「ㅇ」時，「ㅅ」脫落，但此文法沒有「ㅇ」，所以無需變化。

形容詞活用（入門）

1. 基本句型

（1）N₁ 이 / 가 A　　N₁A【翻譯方法：蘋果 (N) 大 (A)】
（○）（×）

①「이 / 가」為主格助詞，前面的 N 若**有終聲音**接「이」，**沒有終聲音**接「가」。

- 사과가 큽니다 .　　　　　　　　　蘋果（很）大。

- 사과가 아주 큽니다 .　　　　　　　蘋果很大。

※사과的과沒有終聲音＋가

- 비빔밥이 맛있습니다 .　　　　　　拌飯（很）好吃。

※비빔밥的밥有終聲音＋이

②A 的基本助詞是「이 / 가」，但通常下列情形時，基本助詞用「은 / 는」。

1）大自然的

- 아리산은 아름답습니다 .　　　　阿里山很美。

- 제주도는 아름답습니다 .　　　　濟州島很美。

2）定律的

- 음주운전은 위험합니다 .　　　　酒駕很危險。

- 담배는 나쁩니다 .　　　　　　　香菸不好。

3）談論著談話者皆知的對象（不一定要名人）

- 수미 씨는 예쁩니다 .　　　　　　秀美很漂亮。

- 선생님은 친절합니다 .　　　　　老師很親切。

4）舊訊息（某段對話中，接著提到的單字）

- 가 : 아저씨 , 사과가 맛있습니까 ?　　大叔，蘋果好吃嗎？

- 나 : 네 , 맛있습니다 .　　　　　　　是，很好吃。

- 가 : 바나나는 어떻습니까 ?　　　　那香蕉如何？

- 나 : 바나나도 아주 맛있습니다 .　　香蕉也很好吃。

※對話中，「바나나」是後來在「바나나는 어떻습니까?」中提到的單字，雖然「사과」與「바나나」是不同的單字，但是是在同一段對話中相繼談到的相關內容，所以用「은/는」。

③大小主詞，在同一句時，大主詞接「은 / 는」，小主詞接「이 / 가」。

N₀ 은 / 는　　　N₁ 이 / 가 A	$N_0 N_1 A$
大主詞（○）（×）小主詞（○）（×）	

- <u>오늘은 날씨가</u> 좋습니다 .　　　　今天天氣好。
  　　大主詞　小主詞
- <u>민수 씨는 키가</u> 큽니다 .　　　　敏洙個子高。
  　　大主詞　小主詞

④ A_1 ⑲ 고 A_2 （主語相同時）【如：又 A_1 又 A_2 】

「고」是連接詞，前後連接主語相同的形容詞時，要是＋＋或－－（2 個都是好的，或 2 個都是不好的），若是＋－或－＋（1 個好 1 個不好）就會用「雖然～但是～」的文法喔！

- 비빔밥이 맛있고 쌉니다 .　　　　拌飯又好吃又便宜。

⑤ N_1 은 / 는 A_1 ⑲ 고 N_2 은 / 는 A_2【如：$N_1 A_1$ 而 $N_2 A_2$】

2個主語時，主語皆用「은/는~」對等比較。

- 사과는 달고 귤은 십니다 .　　　　蘋果甜，（而）橘子酸。

⑥ N 이 / 가 A　　如果想強調時，叫用 N 은 / 는 A

- 사과가 큽니다.　　　　　　　　蘋果大。

- 사과는 큽니다.　　　　　　　　蘋果大。（強調）

原則上基本助詞為「은/는」，強調變「이/가」；
　　基本助詞為「이/가」，強調變「은/는」；
　　基本助詞為「을/를」，強調變「은/는」。

- 가 : 어디가 아름답습니까 ?　　哪裡美呢 ?

- 나 : 아리산이 아름답습니다.　　阿里山美。（大自然的原本是「은 / 는」，此
　　　　　　　　　　　　　　　　　句為強調。）

形容詞否定（文法和動詞相同）

1. 안 A　　不 A

- 안 큽니다 .　　　　　　　　不大。

- 사과가 안 큽니다 .　　　　　蘋果不大。

- 비빔밥이 안 맵습니다 .　　　拌飯不辣。

- 가 : 사과가 비쌉니까 ?　　　蘋果貴嗎？

  나 : 아니요 , 안 비쌉니다 .　不，不貴。

2. A 原 지 않다　　不 A（較正式）

- 크지 않습니다 .　　　　　　不大

- 사과가 크지 않습니다 .　　　蘋果不大。

- 비빔밥이 맵지 않습니다 .　　拌飯不辣。

- 가 : 사과가 비쌉니까 ?　　　蘋果貴嗎？

  나 : 아니요 , 비싸지 않습니다 .　不，不貴。

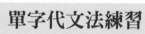

單字代文法練習

1. A 原 ㅂ / 습니다 . ／습니까 ?

單字	肯定句 A 原 ㅂ / 습니다 .	疑問句 A 原 ㅂ / 습니까 ?
두껍다 (ㅂ) 厚	두껍습니다 .	두껍습니까 ?
얇다 薄	얇습니다 .	얇습니까 ?
무겁다 (ㅂ) 重	무겁습니다 .	무겁습니까 ?
가볍다 (ㅂ) 輕	가볍습니다 .	가볍습니까 ?

2. 안 A ㅂ / 습니다 ./ 습니까 ? ／ A 지 않습니다 ./ 않습니까 ?

單字	否定型肯定句（各 2 種）	否定型疑問句（各 2 種）
두껍다 (ㅂ) 厚	안 두껍습니다 .	안 두껍습니까 ?
	두껍지 않습니다 .	두껍지 않습니까 ?
얇다 薄	안 얇습니다 .	안 얇습니까 ?
	얇지 않습니다 .	얇지 않습니까 ?
무겁다 (ㅂ) 重	안 무겁습니다 .	안 무겁습니까 ?
	무겁지 않습니다 .	무겁지 않습니까 ?
가볍다 (ㅂ) 輕	안 가볍습니다 .	안 가볍습니까 ?
	가볍지 않습니다 .	가볍지 않습니까 ?

단어 | 單字 |

크다㊀	**A** 大;（身高）高	나쁘다㊀	**A** 壞;不好
작다	**A** 小;（身高）矮	예쁘다㊀	**A** 漂亮
높다	**A** 高	선생님	**N** 老師
낮다	**A** 低	친절하다	**A** 親切
길다㊃	**A** 長	어떻다㊦	**A** 如何
덥다㊇	**A** 熱	좋다	**A** 好
아주	**ADV** 非常;很	오늘	**N** 今天
날씨	**N** 天氣	내일	**N** 明天
비빔밥	**N** 拌飯	모레	**N** 後天
맛있다	**A** 好吃	키	**N** 身高
아리산	**N** 阿里山（臺灣地名）	싸다	**A** 便宜
아름답다㊇	**A** 美麗	비싸다	**A** 貴
음주운전	**N** 酒駕	이 N	**N** 這（個）N
위험하다	**A** 危險	그 N	**N** 那（個）N
담배	**N** 香菸	저 N	**N** 那（個）N（離話者最遠的）

달다(ㄹ)	**A** 甜	
짜다	**A** 鹹	
시다	**A** 酸	
맵다(ㅂ)	**A** 辣	
쓰다(ㅡ)	**A** 苦（「쓰다」是 V 時，是寫；使用等意思）	
싱겁다(ㅂ)	**A** 淡（指不好吃的淡）	
담백하다	**A** 清淡	
느끼하다	**A** 油膩	
귤	**N** 橘子	
그래서	**ADV** 所以；因此	
하지만	**ADV** 但是；可是（用於轉折）	
쌀쌀하다	**A** 涼	
샤부샤부	**N** 火鍋；涮涮鍋	
눈	**N** 眼睛；雪	
조금	**ADV** 有點；一點點；稍微	
그럼	**ADV** 那麼（「그러면」的縮語）	
불고기	**N** 烤肉	

휴식 │輕鬆一下│

學個流行語吧！

● TMI 티엠아이　　　　　　　　　　太多（沒用的）訊息

TMI（티엠아이）的英文全文是「Too Much Information」，意思是指太多餘的訊息，表示話者認為對方說的是沒有用的訊息，所以要小心使用喔！如果只是想搭個流行，用了這句是有可能會傷到對方的心喔！

노트장 (자기의 필기를 써 보세요) │我的筆記（寫寫看自己的筆記）│

어디에 가세요 ?

您去哪 ?

★重點文法

A/V 原 (으) 십니다 .	A/V。
A/V 原 (으) 십니까 ?	A/V 嗎 ?
N(이) 십니다 .	是 N。
N(이) 십니까 ?	是 N 嗎 ?
V 原 (으) 십시오 .	請 V。
V 原 (으) 세요 .	請 V。
V 原 지 마십시오 .	請不要 V。
V 原 지 마세요 .	請不要 V。

수지 : 정우 씨 , 어디에 가세요 ?
秀智 : 正宇，您去哪？

정우 : 집에 갑니다 .
正宇 : 回家。

수지 씨는 어디에 가십니까 ?
秀智您去哪裡呢？

수지 : 저는 홍대에 갑니다 .
秀智 : 我去弘大。

정우 : 홍대에서 무엇을 하십니까 ?
正宇 : （您）在弘大做什麼？

수지 : 길거리 공연을 봅니다 .
秀智 : 我要看街頭表演。

小提示

1. 「어디에 가세요 ?」和「어디에 가십니까 ?」都有代入敬語法喔！前者較生活化，後者較正式。另外，在口語中，雖然助詞「에」常被省略，但我們還是要知道喔。所以，就一併練習吧！
2. 「무엇을」是滿正式的用法，生活中常用「뭘」，而省略助詞時則為「뭐」，後面一定是接動詞。
3. 敬語法不用於自己（1 人稱）。

□ **대치 연습** 1 ｜替換練習 1 ｜

아래 단어를 회화에 넣어 이야기해 보세요 .
請把下列的單字代入會話中。

1. ① 서점　　　　　書局
　　② 이대　　　　　梨大
　　③ 이대　　　　　梨大
　　④ 누구　　　　　誰
　　⑤ 만나다　　　　見
　　⑥ 친구를 만나다　見朋友

2. ① 헬스장　　　　健身房
　　② 시장　　　　　市場
　　③ 시장　　　　　市場
　　④ 무엇　　　　　什麼
　　⑤ 사다　　　　　買
　　⑥ 옷을 사다　　　買衣服

□ **문장 연습** 1 ｜短句練習 1（填空題）｜

단어를 맞게 써넣으세요 .
請填入正確的單字並完成句子。

請完成 2 種敬語法練習。

보기 / 範例

💬 저는 학교에 <u>**갑니다**</u> . (가다)　　　　　我去學校。

💬 아버지는 회사에 <u>**가십니다**</u> . (가다)　　　爸爸去公司。

　　　　　　　　<u>**가세요**</u> . (가다)

---

① 동생은 빵을 _____ (먹다)　　　　弟弟吃麵包。

　아버지는 빵을 _____ (드시다)　　　爸爸吃麵包。

　_____ (드시다)

② 저는 책을 _____ (읽다)　　　　　我在看書。

　아버지도 책을 _____ (읽다)　　　爸爸也在看書。

　_____ (읽다)

□ **번역 연습 1** │ 翻譯練習 1 │

아래의 중국어를 한국어로 번역해 보세요 .
請把下列中文翻譯成韓文。

1. 您在哪邊學韓文？

　_____

2. 爸爸給我禮物。

　_____

3. 奶奶在房間嗎？

　_____

4. 爺爺不舒服。

　_____

수지 :　　안녕하세요 ? 다나카 씨 .
秀智 :　　你好，田中。

다나카 :　네 , 안녕하세요 ? 수지 씨 .
田中 :　　是，您好，秀智。

수지 :　　다나카 씨는 뭘 <u>읽으십니까</u> ?
秀智 :　　田中你在看什麼？

다나카 :　<u>한국어책을 읽습니다</u> .
田中 :　　我在看韓文書。

수지 :　　어디에서 한국어를 배우십니까 ?
秀智 :　　你在哪邊學韓文？

다나카 :　<u>어학당에서 배웁니다</u> .
田中 :　　我在語學堂學習。

　　　　　그런데 <u>한국어가</u> 조금 어렵습니다 .
　　　　　不過韓文有點難。

수지 :　　그럼 <u>선생님께 여쭤보세요</u> .
秀智 :　　那就向老師請教一下。

　　　　　<u>한국 드라마도</u> 좀 보세요 . 포기하지 마세요 .
　　　　　也看看韓劇，請別放棄喔。

小提示

1. 句中的敬語法「읽으십니까 ?」亦可替換為「읽으세요 ?」
　　　　　　　　　「배우십니까 ?」可替換為「배우세요 ?」
2. 어디에서 = 어디서
3. 句中的「여쭤보세요 . / 보세요 . / 포기하지 마세요 .」是祈使句、命令句喔。

□ **대치 연습 2** | 替換練習 2 |

아래 단어를 회화에 넣어 이야기해 보세요 .

1. ① 배우다   學
    ② 중국어를 배우다   學中文
    ③ 중국어   中文
    ④ 학원   補習班
    ⑤ 중국어   中文
    ⑥ 소이 씨에게 물어보다   問小怡看看
    ⑦ 대만   臺灣

2. ① 공부하다   唸書 / 溫習功課
    ② 영어를 공부하다   唸英文
    ③ 영어   英文
    ④ 인터넷   網路
    ⑤ 영어   英文
    ⑥ 마리 씨에게 물어보다   問瑪莉看看
    ⑦ 미국   美國

□ **문장 연습 2** | 短句練習 2（填空題）|

단어를 맞게 써넣으세요 .

請填入正確的單字並完成句子。

請完成 2 種祈使句的練習。

보기 / 範例

💬 여기에 <u>앉으십시오</u> . (앉다)   請坐這邊。

       <u>앉으세요</u> . (앉다)

第 4 課

① 한국어를 _____ . (배우다)   請學韓文。

_____ . (배우다)

② 산에 _____ . (가다)   請不要去山上。

_____ . (가다)

□ **번역 연습 2** │翻譯練習 2 │

아래의 중국어를 한국어로 번역해 보세요 .

請把下列中文翻譯成韓文。

1. 請吃蛋糕。

_____

2. 請不要看電視。

_____

3. 請在公園運動。

_____

4. 請把這本書給秀智。

_____

敬語法入門（尊待法，又稱待遇法及敬語法等）

敬語法在韓文來說是非常重要的一環，有無正確使用敬語法，會讓聽者的感受截然不同。把它當作是一個工具，在對話中加上敬語法，就會讓自己變得更有禮貌、更得體喔。

⊙使用於我們要尊敬的對象，以及尚不熟悉或是仍要保持敬語關係的對象。

⊙敬語法主要分為 3 大類。

1. 主體敬語法

話者為了尊敬或禮貌而抬高（句中的）主語（主角）。

先以動詞為例，套入「V原(으)시다」，就可以變得更禮貌喔。

「(으)」是用在有終聲音或是部分不規則的單字。

「V原(으)시다」代入格式體時先去「다」，「시」沒有終聲音所以加「ㅂ니다」
→「V(으)십니다 ./ V(으)십니까 ?」

原形	敬語法原形 V原(으)시다	敬語法格式體 V原(으)십니다 . V原(으)십니까 ?	說明
가다 去	가시다	가십니다 . 가십니까 ?	去「다」，「가」沒有終聲音。
읽다 閱讀	읽으시다	읽으십니다 . 읽으십니까 ?	去「다」，「읽」有終聲音。
만들다ㄹ 做	만드시다	만드십니다 . 만드십니까 ?	去「다」，「ㄹ不規則」遇到「ㅅ」、「ㄴ」、「ㅂ」之一，「ㄹ」脫落。
듣다ㄷ 聽	들으시다	들으십니다 . 들으십니까 ?	去「다」，「ㄷ不規則」遇到「ㅇ」，「ㄷ」變「ㄹ」。
돕다ㅂ 幫助	도우시다	도우십니다 . 도우십니까 ?	去「다」，「ㅂ不規則」遇到「ㅇ」，「ㅂ」脫落。要代入文法時，文法的第 1 個母音要變「ㅜ」，所以「으→우」。

接下來我們比較看看「一般的格式體」和「代入敬語法的格式體」吧！

原形	一般的格式體 V 原 ㅂ / **습니다**	代入敬語法的格式體 V 原 (으) **십니다**
가다 去	갑니다	가십니다
읽다 閱讀	읽습니다	읽으십니다
만들다ㄹ 做	만듭니다	만드십니다
듣다ㄷ 聽	듣습니다	들으십니다
돕다ㅂ 幫助	돕습니다	도우십니다

（1）句子練習與比較

①對話

● 민우 : 수지 씨 , 어디에 가십니까 ?（敬語法）

敏宇：秀智，妳去哪？

수지 : 학교에 갑니다 .（不可抬高自我）

秀智：我去學校。

● 민우 : 수지 씨 , 어디에 갑니까 ?（未代入敬語法）

敏宇：秀智，妳去哪？

수지 : 학교에 갑니다 .

秀智：我去學校。（不可抬高自我）

②敘述句

● 친구는 학교에 갑니다 .（「朋友」不代敬語法）

朋友去學校。

● 선생님은 학교에 가십니다 .（敬語法）

老師去學校。

（2）延伸補充

①V 敬語法的非格式體 →「V(으) 세요 .」要代入這個喔！

原形	敬語法原形 V 原 (으) 시다	敬語法格式體 V 原 (으) 십니다 . V 原 (으) 십니까 ?	敬語法非格式體 V 原 (으) 세요 . V 原 (으) 세요 ?
가다 去	가시다	가십니다 .	가세요 .
		가십니까 ?	가세요 ?
읽다 閱讀	읽으시다	읽으십니다 .	읽으세요 .
		읽으십니까 ?	읽으세요 ?
만들다ㄹ 做	만드시다	만드십니다 .	만드세요 .
		만드십니까 ?	만드세요 ?
듣다ㄷ 聽	들으시다	들으십니다 .	들으세요 .
		들으십니까 ?	들으세요 ?
돕다ㅂ 幫助	도우시다	도우십니다 .	도우세요 .
		도우십니까 ?	도우세요 ?

②敬語法也可以用於 A（形容詞）和 N（名詞）

敬語法原形	敬語法格式體	敬語法非格式體
A/V 原 (으) 시다	A/V 原 (으) 십니다 .	A/V 原 (으) 세요 .
	A/V 原 (으) 십니까 ?	A/V 原 (으) 세요 ?
N(이) 시다	N(이) 십니다 .	N(이) 세요 .
	N(이) 십니까 ?	N(이) 세요 ?

◆舉幾個例子吧！

1）친절하다　親切 (A)

- 선생님이 아주 <u>친절하십니다</u> . (친절하세요 .)　　老師很親切。

2）바쁘다　忙 (A)

- 아버지가 아주 <u>바쁘십니다</u> . (바쁘세요 .)　　爸爸很忙。

3）선생님 老師 (N)

- 이분이 박 선생님이십니다. (이세요 .)　　　　　這位是朴老師。

- 이분이 어머니십니다. (세요 .)　　　　　　　這位是媽媽。

③「間接抬高」用於與主語相關的主語之身體、事物、想法、職業、年齡等。

- 선생님은 키가 크십니다 .　　　　　　　　　老師個子高。

※這裡的個子，是指老師的，而我要尊敬老師，所以連帶抬高之，稱為「間接抬高」。

- 그분이 교수님이십니다 .　　　　　　　　　那位是教授。

④有些單字本身就有特定的尊敬單字。「이 / 가」的尊敬單字為「께서」，所以前述句中的「이 / 가」改為「께서」就更加禮貌喔。

- 선생님께서 아주 친절하십니다 . (친절하세요 .)　老師很親切。

⑤壓尊法

1）若主語的身份地位比聽者低，則不抬高主語。通常用於家人或師徒等較屬私人層面的關係上，但最近較少使用，抬高也無妨。（可允許）

- 할아버지 , 아버지가 회사에 갑니다 .　　　　爺爺，爸爸要去上班。

2）社會或是職場上，無論聽者為誰，只要句中的主語比話者地位高，就需抬高，不使用壓尊法。

- 사장님 , 부장님이 회의실에 계십니다 .
  社長（老闆），部長在會議室。

⑥「錯誤的用法」，有些服務人員為了抬高客戶，卻抬高了販售的物品，如咖啡、鞋子等，這是錯的喔。

- 점원 : 주문하신 아메리카노 나오셨습니다 .（錯誤用法）
  〈店員抬高了咖啡，咖啡變得比人要更尊貴了喔！〉

- 점원 : 주문하신 아메리카노 나왔습니다 .（正確用法）
  店員：（客人）您點的美式咖啡好了。

- 점원 : 이 신발은 <u>매진되셨습니다</u> . （錯誤用法）

  〈同樣的，因店員抬高了鞋子，也是錯誤用法喔！〉

- 점원 : 이 신발은 **매진됐습니다** . （正確用法）

  店員：這雙鞋子已經賣完了。

2. 客體敬語法

為了表示尊敬對方，而抬高句中的客體之目的語與副詞語，搭配特定單字使用，如「주다」（給）→「드리다」（呈上）之概念。

- 민우 씨는 미나 씨에게 사과를 줍니다 . 　（不抬高）敏宇給美娜蘋果。
- 민우 씨는 선생님께 사과를 드립니다 . 　（抬高）敏宇給老師蘋果。

（1）(N$_0$ 은 / 는)　N$_1$ 에게　N$_2$ 을 / 를 주다　　　　N$_0$ 給 N$_1$ N$_2$

　　或 (N$_0$ 은 / 는)　N$_2$ 을 / 를　N$_1$ 에게 주다　　　N$_0$ 把 N$_2$ 給 N$_1$

　　※「에게」口語可用「한테」

（2）(N$_0$ 은 / 는)　N$_1$ 께　N$_2$ 을 / 를 드리다　　　　N$_0$ 給 N$_1$ N$_2$

　　或 (N$_0$ 은 / 는)　N$_2$ 을 / 를　N$_1$ 께 드리다　　　N$_0$ 把 N$_2$ 給 N$_1$

　　　　　　　　　　　　　　　　　　　　　　　　　N$_1$ 為尊敬對象

給　주다

- 정우 씨가 수미 씨에게 사과를 줍니다 . 　　　正宇給秀美蘋果。

  N$_0$이/가　N$_1$에게 주다

  N$_0$이/가　N$_1$한테 주다

給　드리다

- 정우 씨가 선생님께 사과를 드립니다 . 　　　正宇給老師蘋果。

  N$_0$이/가　N$_1$께 드리다

給 주시다

● 선생님께서 정우 씨에게 사과를 주십니다 .　老師給正宇蘋果。

　　N₀께서　N₁에게 주시다

　　　　한테　시 是抬高老師的動作，主體敬語法。

（3）延伸補充

①客體敬語法常用單字

주다	드리다	給
데리다	모시다	帶 / 陪同
만나다	뵙다	見
묻다	여쭙다	問 / 請教

②謙讓法：放低自己以抬高對方。

　　1）나 → 저

　　　● 나는 학생입니다 . →　저는 학생입니다 .　　　我是學生。

　　2）내가 → 제가

　　　● 누가 미나 씨입니까 ?　　　　　　　　　誰是美娜呢？

　　　● 내가 미나입니다 . →　제가 미나입니다 .　　我是美娜。

　　3）우리 → 저희

　　　● 우리는 대만 사람입니다 . →　저희는 대만 사람입니다 .
　　　　我們是臺灣人。

3. 相對敬語法

　　視談話對象而決定要尊待（抬高）與否，共分為 6 種。

（1）祈使句命令句「V原(으)십시오.」、「V原(으)세요.」請 V，也屬於這一類的敬語法。

（2）格式體「A/V原ㅂ/습니다.」、「N입니다.」

（3）非格式體「A/V아요./어요.」、「N예요./이에요.」也是喔。
　　除此之外，有些已不太使用，有些是半語的表現，因此先略過喔。

（4）延伸補充：特定的尊敬單字
　　①名詞 1

平稱		尊稱	
名字	이름	성함	大名／芳名
年紀	나이	연세	年歲（但因像是中文的貴庚，所以要視對象使用）
飯	밥	진지	飯／餐
話	말	말씀	話
生日	생일	생신	生日（通常用於長輩）
人	사람	분	位
家	집	댁	家（府上）

- N 이／가 어떻게 되십니까 ?　　　　請問您的 N ?（禮貌型）

- 성함이 어떻게 되십니까 ?　　　　請問您的大名／芳名是 ?

②名詞 2：稱謂及職稱等名詞後面加「님」表尊稱，以下列舉幾個。

平稱		尊稱
父母	부모	부모님
社長	사장	사장님
教授	교수	교수님
老師	선생	선생님
兒子	아들㈜	아드님
女兒	딸㈜	따님

③動詞與形容詞

詞性	中文	平稱	尊稱	
V	睡覺	자다	주무시다	
V	吃	먹다	드시다 / 잡수시다	
V	喝	마시다	드시다	
V	說話	말하다	말씀하시다	
V	死	죽다	돌아가시다	
V/A	在 / 有	있다	계시다 / 있으시다	
A	餓	배고프다	시장하시다	
A	痛 / 不舒服	아프다	편찮으시다	
V	給	주다	드리다	客體尊敬
V	問 / 請教	묻다	여쭙다	客體尊敬
V	帶～去 （有生命的對象）	데리고 가다	모시고 가다	客體尊敬
V	見	만나다	뵙다	客體尊敬

※要代入敬語法以及祈使句時要先把尊稱單字的「시다/으시다」劃掉再代入，免得重覆喔。

如：주무시다 → V 原 (으) 십니다 .

　　　　　　　주무십니다 .　　할아버지는 주무십니다 .　　　爺爺在睡覺。

④助詞

	平稱	尊稱
主格助詞	이 / 가	께서
補助詞	은 / 는	께서는
從某人那邊(from)	에게 (서)/ 한테 (서) （「서」常視後面動詞而省略）	께 (로) 부터
動作接受方 (to)	에게 / 한테	께

문법 2 ｜文法 2｜

祈使句、命令句

> V (原) (으) 십시오.　　　（最正式，尊敬）
>
> V (原) (으) 세요.　　　（較不正式，常用於生活面）請 V。

前面有提過，此為相對敬語法之一，生活面亦很常使用。

1. 請 V

原形	敬語法 V (原) (으) 십시오. V (原) (으) 세요.	說明
주다 給	주십시오. 주세요.	去「다」，「주」沒有終聲音。
앉다 坐	앉으십시오. 앉으세요.	去「다」，「앉」有終聲音。
만들다ㄹ 做	만드십시오. 만드세요.	去「다」，「ㄹ不規則」遇到「ㅅ」、「ㄴ」、「ㅂ」之一，「ㄹ」脫落。
듣다ㄷ 聽	들으십시오. 들으세요.	去「다」，「ㄷ不規則」遇到「ㅇ」，「ㄷ」變「ㄹ」。
돕다ㅂ 幫助	도우십시오. 도우세요.	去「다」，「ㅂ不規則」遇到「ㅇ」，「ㅂ」脫落。要代入文法時，文法的第 1 個母音要變「ㅜ」，所以「으→우」。

2. 加入謙遜法的「좀」

> N 좀 주세요.　　　請給我 N。
>
> 좀 V 주세요.　　　請幫我 V。

「주십시오 / 주세요」，若加入謙遜法的「좀」會更客氣禮貌。

- 김치 좀 주세요.　　　請給我泡菜。

- 좀 도와주세요.　　　請幫幫我。

3. 祈使句、命令句的否定

> V ⓪ 지 말다　　　　　　　　　不要 V（原形）
>
> V ⓪ 지 마십시오.　　　　　　　請不要 V。（較正式）
>
> V ⓪ 지 마세요.　　　　　　　　請不要 V。

只要把「V ⓪ 지 말다」代入祈使句、命令句就可以了。（「말다」是 ㄹ 不規則）

- 가다 → 가지 마십시오.

　　　　가지 마세요.　　　　　　請不要去 / 走。

4. 某些單字代入此文法，變祝福的話語喔。

詞性	中文	原形	敬語法 A/V ⓪ (으) 십시오. A/V ⓪ (으) 세요.	中文
A	幸福	행복하다	행복하십시오. 행복하세요.	祝您幸福
A	健康	건강하다	건강하십시오. 건강하세요.	祝您健康
V	長壽	장수하다	장수하십시오. 장수하세요.	祝您長壽
V	萬壽無疆	만수무강하다	만수무강하십시오. 만수무강하세요.	祝您萬壽無疆

單字代文法練習

原形	敬語法格式體 A/V (原) (으) 십니다 . / A/V (原) (으) 십니까 ? N(이) 십니다 . / N(이) 십니까 ?	敬語法非格式體 A/V (原) (으) 세요 . / A/V (原) (으) 세요 ? N(이) 세요 . / N(이) 세요 ?
돕다 ⓗ 幫助	도우십니다 .	도우세요 .
	도우십니까 ?	도우세요 ?
살다 ⓔ 住	사십니다 .	사세요 .
	사십니까 ?	사세요 ?
걷다 ⓒ 走路	걸으십니다 .	걸으세요 .
	걸으십니까 ?	걸으세요 ?
기자 記者	기자십니다 .	기자세요 .
	기자십니까 ?	기자세요 ?
교수님 教授	교수님이십니다 .	교수님이세요 .
	교수님이십니까 ?	교수님이세요 ?

原形	祈使句（命令句） V (原) (으) 십시오 . / V (原) (으) 세요 .	祈使句（命令句）否定 V (原) 지 마십시오 . / V (原) 지 마세요 .
쓰다 寫	쓰십시오 .	쓰지 마십시오 .
	쓰세요 .	쓰지 마세요 .
걷다 ⓒ 走路	걸으십시오 .	걷지 마십시오 .
	걸으세요 .	걷지 마세요 .

길거리	**N** 街道	할아버지	**N** 爺爺
공연	**N** 表演	할머니	**N** 奶奶
길거리 공연 = 버스킹	**N** 街頭表演（busking）	저에게 = 제게	給我／對我（나에게 = 내게的謙讓語）
헬스장／헬스클럽	**N** 健身房（health 場；health club）	선물	**N** 禮物
동생	**N** 弟弟；妹妹	방	**N** 房間
남동생	**N** 弟弟	드라마／연속극	**N** 連續劇（drama）
여동생	**N** 妹妹	한국 드라마	韓劇
아버지	**N** 父親；爸爸	케이크	**N** 蛋糕（cake）
아빠	**N** 爸爸	이분	**N** 這位
어머니	**N** 母親；媽媽	그분	**N** 那位
엄마	**N** 媽媽	저분	**N** 那位（離話者最遠）
오빠	**N** 哥哥（女稱男）	교수님	**N** 教授
형	**N** 哥哥（男稱男）	부장님	**N** 部長
언니	**N** 姊姊（女稱女）	김치	**N** 泡菜
누나	**N** 姊姊（男稱女）	도와주다／도와 드리다	**V** 幫助

쓰다	**V** 寫;用
에게	**助詞** 動作接受方之助詞
한테	**助詞** / **較口語** 動作接受方之助詞
께	**助詞** 「에게 / 한테」的尊敬單字
물어보다	**V** 問問看
가르치다	**V** 教
여쭤보다	**V** 請教
다나카	**N** 田中 （人名；日本姓氏）
그런데	**ADV** / **連接詞** 不過；可是；但是（可單純用於轉換話題）
포기하다	**V** 放棄
학원	**N** 補習班
독학하다	**V** 自學
인터넷	**N** 網路（internet）

學個流行語吧！

- 썸타다　　　　　指某對男女尚在曖昧階段，還沒正式交往變成男女朋友。

- 썸남　　　　　曖昧男。

- 썸녀　　　　　曖昧女。

노트장 (자기의 필기를 써 보세요)
| 我的筆記（寫寫看自己的筆記）|

저는 치킨을 좋아해요 .

我喜歡炸雞。

★重點文法

A/V 아 / 어요 .	A/V。
A/V 아 / 어요 ?	A/V ？
N 예요 ./ 이에요 .	是 N。
N 예요 ?/ 이에요 ?	是 N 嗎 ？
안 A/V 아 / 어요 .	不 A/V。
안 A/V 아 / 어요 ?	不 A/V ？
A/V ⑩ 지 않아요 .	不 A/V。
A/V ⑩ 지 않아요 ?	不 A/V ？
N 이 / 가 아니에요 .	不是 N
N 이 / 가 아니에요 ?	不是 N 嗎 ？
V ⑩ 고 ～	V 後～
N 도 V ⑩ 고 N 도 V	又 VN 又 VN

수지 : 다나카 씨 , 한국 음식이 어때요 ?
秀智 : 田中，你覺得韓國食物怎麼樣？

다나카 : 맛있어요 .
田中 : 好吃。

수지 : 안 매워요 ?
秀智 : 不辣嗎？

다나카 : 네 , 괜찮아요 .
田中 : 是，還可以。

수지 : 무슨 음식을 좋아해요 ?
秀智 : 你喜歡什麼食物？

다나카 : 저는 치킨을 좋아해요 .
田中 : 我喜歡炸雞。

수지 씨는 뭘 좋아해요 ?
秀智你喜歡什麼？

수지 : 저는 부대찌개를 좋아해요 .
秀智 : 我喜歡部隊鍋。

小提示

1. 因為剛開始練習「아요 / 어요」（以下簡稱「요形」）的階段，所以對話中尚未代入敬語法，若代入敬語法時，詢問時的疑問句會有所改變，如「어때요 ? → 어떠세요 ?」、「좋아해요 ? → 좋아하세요 ?」。

2. 「한국 음식이 어때요 ?」中的「어때요 ?」是形容詞，所以基本助詞是「이 / 가」。

   ＊이（○）有終聲音　가（×）沒有終聲音

3. 「N 을 / 를 좋아하다」喜歡 N 可替換為「N 이 / 가 좋다」，如「저는 부대찌개가 좋아요 .」。

   ＊을（○）有終聲音　를（×）沒有終聲音

□ **대치 연습 1** │ 替換練習 1 │

아래 단어를 회화에 넣어 이야기해 보세요 .

請把下列的單字代入會話中。

1. ① 한국 드라마 　　韓劇
   ② 재미있다 　　好看（有趣）
   ③ 어렵다 　　難
   ④ 드라마 　　連續劇
   ⑤ 멜로드라마 　　愛情劇
   ⑥ 막장드라마 　　灑狗血劇

2. ① 한국 케이크 　　韓國蛋糕
   ② 맛있다 　　好吃
   ③ 달다 　　甜
   ④ 케이크 　　蛋糕
   ⑤ 초콜릿 케이크 　　巧克力蛋糕
   ⑥ 딸기 케이크 　　草莓蛋糕

□ **문장 연습 1** │ 短句練習 1（填空題）│

단어를 맞게 써넣으세요 .

請填入正確的單字並完成句子。

보기 / 範例

🗨 가 : 한국어가 <u>어때요</u> ? (어떻다) 　　　　韓文怎麼樣？

🗨 나 : <u>재미있어요</u> . (재미있다) 　　　　很有趣。

① 가 : 순두부찌개가 _____ ? (맵다) 　　辣豆腐鍋辣嗎？

　　나 : 아니요 , _____ . (괜찮다) 　　不，還好。

② 가 : 오늘 _____ ? (덥다) 　　今天熱嗎？

　　나 : 아니요 , 조금 _____ . (쌀쌀하다) 　　不，有點涼。

아래의 중국어를 한국어로 번역해 보세요 .

請把下列中文翻譯成韓文。

1. 秀美今天去學校。

   _____

2. 這連續劇很好看。

   _____

3. 我喜歡草莓蛋糕。

   _____

4. 我在公園運動。

   _____

수지 :　민수 씨 , 내일 뭘 하세요 ?
秀智 :　敏洙，你明天要做什麼？

민수 :　종로에 가요 . 그리고 <u>교보문고</u>에도 가요 .
敏洙 :　我要去鐘路。然後也要去教保文庫。

수지 :　<u>교보문고</u>에서 뭘 하세요 ?
秀智 :　在教保文庫做什麼呢？

민수 :　<u>커피를 마시고 책을 사요</u> .
敏洙 :　喝咖啡，買書。

　　　　수지 씨는 내일 뭘 하세요 ?
　　　　秀智，妳明天要做什麼？

수지 :　저는 <u>청소하고</u> <u>드라마를 봐요</u> .
秀智 :　我要打掃之後看連續劇。

小提示

「커피를 마시고 책을 사요 .」也可替換為「커피도 마시고 책도 사요 .」。

아래 단어를 회화에 넣어 이야기해 보세요 .

請把下列的單字代入會話中。

1.		
① 명동	明洞
② 대학로	大學路
③ 대학로	大學路
④ 밥을 먹다	吃飯
⑤ 연극을 보다	看舞台劇
⑥ 텔레비전을 보다	看電視
⑦ 쉬다	休息

2.		
① 학교	學校
② 홍대	弘大
③ 홍대	弘大
④ 신발을 사다	買鞋
⑤ 커피를 마시다	喝咖啡
⑥ 운동하다	運動
⑦ 친구를 만나다	見朋友

□ **문장 연습 2** | 短句練習 2 (填空題) |

단어를 맞게 써넣으세요 .

請填入正確的單字並完成句子。

보기 / 範例

💬 가 : 모레 뭘 하세요 ? (하다)　　　　你後天要做什麼？

💬 나 : 한국에 가요 . (가다)　　　　去韓國。

---

① 가 : 동대문 시장에서 뭘 _____ ? (사다)　　你要在東大門市場買什麼？

　　나 : 신발을 _____ . (사다)　　　　買鞋。

② 가 : 내일 누구를 _____ ? (만나다)　　你明天要見誰？

　　나 : 친구를 _____ 고 같이 _____ . (만나다 / 공부하다)

　　我要見朋友然後一起唸書。

□ **번역 연습 2** | 翻譯練習 2 |

아래의 중국어를 한국어로 번역해 보세요.

請把下列中文翻譯成韓文。

1. 唸書後看電影。

   _____

2. 我買衣服（而）朋友買鞋。

   _____

3. 我吃完飯去學校。

   _____

4. 今天不下雨又很溫暖。

   _____

非格式體

　　非格式體也是敬語，但常用於較不正式的場合，所以在韓國電視劇或綜藝節目，及生活面上最常使用。

1. 名詞的非格式體（肯定句）

　　我們在第 1 課時有學過 N 的非格式體，這邊再複習一下。

> N 예요 . (×)　　　　　是 N。　　　　　N 예요 ? (×)　　　　是 N？
>
> 이에요 . (○)　　　　　　　　　　　　　이에요 ? (○)

※沒有終聲音＋예요，有終聲音＋이에요。

- 경찰이에요 .　　　　　　　　　　是警察。

- 검사예요 .　　　　　　　　　　　是檢察官。

2. 形容詞及動詞的非格式體，變化方法一樣

　　一般來說，我們會用「A/V 아요 / 어요」來表示，原則上單字語幹（A/V 原形다前面的字）的最後一個，若母音是陽音「ㅏ、ㅑ、ㅗ、ㅛ」時加「아요」，否則全視為陰音加「어요」，但 A/V 的變化稍多一點，我們一起慢慢看吧！（「ㅣ」雖然是中性音，為方便起見，以下皆以陽音及陰音稱之）

　　A/V 原形都有「다」，要看「다」前面這個字的母音，而且要去掉「다」。

（1）當單字原形有終聲音，且母音是陽音，加「아요」。

앉다 坐	→앉 →앉아요	去「다」， 母音是「ㅏ」（陽音）加「아요」。
살다ㄹ 住 / 生活	→살 →살아요	去「다」， 母音是「ㅏ」（陽音）加「아요」。

（2）當單字原形有終聲音，且母音是陰音，加「어요」。

읽다 閱讀 / 唸	→읽 →읽어요	去「다」， 母音是「ㅣ」（陰音）加「어요」。
먹다 吃	→먹 →먹어요	去「다」， 母音是「ㅓ」（陰音）加「어요」。

（3）當單字原形沒有終聲音，而母音是「ㅏ、ㅓ、ㅕ、ㅐ、ㅔ」時，直接去「다」加上「요」，這類的單字加上「아요 / 어요」後，原本的「아요 / 어요」的「아 / 어」都會省略。

ㅏ + 아요 → ㅏ요	가다 → 가요 去 / 만나다 → 만나요 見面
ㅓ + 어요 → ㅓ요	서다 → 서요 站
ㅕ + 어요 → ㅕ요	켜다 → 켜요 開（電源類）
ㅐ + 어요 → ㅐ요	보내다 → 보내요 寄
ㅔ + 어요 → ㅔ요	세다 → 세요 數

（4）當單字原形沒有終聲音，而母音是「ㅗ」時，「ㅗ」加上「아요」通常會組合成「ㅘ요」。

오 + 아요 → 와요	오다 → 와요 . 來
ㅗ + 아요 → ㅘ요 / ㅗ아요	보다 → 봐요 / 보아요 . 看

（5）當單字原形沒有終聲音，而母音是「ㅜ」時，「ㅜ」加上「어요」通常會組合成「ㅝ요」。

ㅜ + 어요 → ㅝ요 / ㅜ어요	주다 → 줘요 / 주어요 給
우 + 어요 → 워요	배우다 → 배워요 學

例外：「ㅜ」也有「ㅜ不規則」的情況，「ㅜ」屬於陰音，後面只能加上「어요」，當「ㅜ」遇到「ㅓ」，「ㅜ」會脫落，形成「ㅓ요」。

ㅜ + 어요 → ㅓ요	푸다 → 퍼요 舀（出）（屬於ㅜ不規則）

（6）當單字原形沒有終聲音，而母音是「ㅣ」時，「ㅣ」加上「어요」通常會組合成「여요」。（敬語法的請看（7））

| ㅣ+어요 → ㅕ요 | 마시다 → 마셔요 喝 |
| | 가르치다 → 가르쳐요 教 |

（7）當敬語法的「A/V ⓪(으)시다」和「N(이)시다」，「ㅣ」加上「어요」會變成「세요」。

A/V ⓪시다+어요 → A/V ⓪세요 （×）	예쁘시다 → 예쁘세요 漂亮 드시다 → 드세요 吃（「먹다」的敬語）
A/V ⓪으시다+어요 → A/V ⓪으세요 （○）	좋으시다 → 좋으세요 好 앉으시다 → 앉으세요 坐
N 시다+어요 → N 세요 （×）	의사 → 의사세요 是醫生
N 이시다+어요 → N 이세요 （○）	선생님 → 선생님이세요 是老師

※「A/V ⓪(으)셔요」和「N(이)셔요」也對，但較少使用。

（8）「하다」結尾的形容詞或動詞，語尾「하다」加上「어요」會變「해요」.。

| A/V 하다 → A/V 해요 | 사랑하다 → 사랑해요 愛 |
| | 운동하다 → 운동해요 運動 |

（9）當「ㅡ不規則」的單字變化為「요」形時，「ㅡ」會脫落，前面母音若為陽音加「아요」，否則加「어요」。

ㅏㅡ+아요 → ㅏ요	바쁘다 → 바빠요 忙 （「바」的母音「ㅏ」為陽音，加「아요」）
	아프다 → 아파요 痛 （「아」的母音「ㅏ」為陽音，加「아요」）
ㅡ+어요 → ㅓ요	크다 → 커요 大 （前面沒有字，加「어요」）
ㅖㅡ+어요 → ㅓ요	예쁘다 → 예뻐요 漂亮 （「예」的母音「ㅖ」為陰音，加「어요」）

（10）「르不規則」的單字，「르」前面會無條件多一個「ㄹ」，而「ㅡ」脫落，前面
若有陽音加「아요」，否則加「어요」。

ㅗ르＋아요 → ㄹ라요	오르다 → 올라요 上升 （「르」前面加「ㄹ」，「오」的母音「ㅗ」為陽音 加「ㅏ요」）
ㅜ르＋어요 → ㄹ러요	누르다 → 눌러요 按 （「르」前面加「ㄹ」，「누」的母音「ㅜ」為陰音 加「ㅓ요」）
ㅣ르＋어요 → ㄹ러요	이르다 → 일러요 早 （「르」前面加「ㄹ」，「이」的母音「ㅣ」為陰音 加「ㅓ요」）

（11）當「ㄷ不規則」單字的「ㄷ」遇到「ㅇ」時，「ㄷ」會變成「ㄹ」，母音若為陽音
加「아요」，陰音加「어요」。

ㄷ＋어요 → ㄹ어요	듣다 → 들어요 聽
ㄷ＋아요 → ㄹ아요	깨닫다 → 깨달아요 領悟
ㄷ＋어요 → ㄹ어요	걷다 → 걸어요 走路
ㄷ＋어요 → ㄹ어요	묻다 → 물어요 問

※「걷다」在其他意思上時，為規則的變化，如：걷다 → 걷어요. 捲（衣袖）、收取（分
攤費）

※「묻다」在其他意思上時，為規則的變化，如：묻다 → 묻어요. 埋、沾到
並非所有「ㄷ」結尾的都是不規則，也有規則的喔。

如：닫다 → 닫아요（關（非電源類））、받다 → 받아요（接）等。

（12）「ㅂ不規則」的單字，「ㅂ」會脫落，再加上「워요」。

ㅂ＋워요 → ㅜ워요	춥다 → 추워요 冷
ㅂ＋워요 → ㅓ워요	덥다 → 더워요 熱
ㅂ＋워요 → ㅏ워요	가깝다 → 가까워요 近
ㅂ＋워요 → ㅜ워요	눕다 → 누워요 躺

例外：「ㅂ不規則」的單字，還有另一種變化，當母音是「ㅗ」時，「ㅂ」一
樣會脫落，再加上「와요」。

ㅂ + 와요 → ㅗ와요	돕다 → 도와요 幫助
	곱다 → 고와요 美

並非所有「ㅂ」結尾的都是不規則，也有規則的喔。

如：좁다 → 좁아요（窄）、씹다 → 씹어요（嚼）等。

（13）當「ㅅ不規則」單字的「ㅅ」遇到「ㅇ」時，「ㅅ」會脫落，母音若為陽音加上
「아요」，陰音加上「어요」。

ㅅ + 아요 → ㅏ아요	낫다 → 나아요 比較好
ㅅ + 어요 → ㅣ어요	잇다 → 이어요 接續

並非所有「ㅅ」結尾的都是不規則，也有規則的喔。

如：벗다 → 벗어요（脫）、빗다 → 빗어요（梳）、씻다 → 씻어요（洗）等。

（14）當「ㅎ不規則」單字的「ㅎ」遇到「ㅇ」時，「ㅎ」會脫落，而母音會加上「이요」。

ㅏㅎ + 이요 → ㅐ요	빨갛다 → 빨개요（ㅏ + ㅣ → ㅐ）紅
ㅑㅎ + 이요 → ㅐ요	하얗다 → 하얘요（ㅑ + ㅣ → ㅒ）白
ㅓㅎ + 이요 → ㅐㅛ	어떻다 → 어때요（ㅓ + ㅣ → ㅐ）如何

並非所有「ㅎ」結尾的都是不規則，也有規則的喔。

如：좋다 → 좋아요（好）、넣다 → 넣어요（放在〜裡）、놓다 → 놓아요（放在〜上）
等。

（15）當「러不規則」的單字與「아／어」結合時，「아／어」變成「러」，形成「르러요」。

르 + 아／어요 → 르러요	이르다 → 이르러요 達到／到達
	푸르다 → 푸르러요 藍／青／綠

（16）單字原形沒有終聲音，母音是「ㅟ」時，加上「어요」，會形成「ㅟ어요」。

ㅟ + 어요 → ㅟ어요	쉬다 → 쉬어요 休息

（17）單字原形沒有終聲音，母音是「ㅚ」時，加上「어요」，會形成「ㅚ어요／
ㅙ요」。

ㅚ + 어요 → ㅚ어요／ㅙ요	되다 → 되어요／돼요 可以

（18）最後一個特殊的狀況是，單字原形有終聲音，母音是「ㅚ」時，但「어요」無法與子音結合而形成「ㅚ어요 / ㅙ요」。

ㅚㅂ+어요 → ㅚ어요 / ㅙ요	뵙다 → 뵈어요 / 봬요 見

문법 2 ｜文法 2｜

非格式體否定

1. A/V 否定

A/V ㊊지 않다 → A/V ㊊지 않아요 .　　　不 A/V。
안 A/V → 안 A/V 아 / 어요 .　　　不 A/V。
N 하다 結尾的 V → N 안 해요 .　　　不 V。

肯定		否定	
熱	더워요 .	不熱	덥지 않아요 ./ 안 더워요 .
去	가요 .	不去	가지 않아요 ./ 안 가요 .
運動	운동해요 .	不運動	운동하지 않아요 ./ 운동 안 해요 .

2. N 否定

N 이 / 가 아니에요 .　　　　　　不是 N。

肯定		否定	
是學生	학생이에요 .	不是學生	학생이 아니에요 .
是歌手	가수예요 .	不是歌手	가수가 아니에요 .

V 原 고 ~

1.「V 後～」，表示動作的先後順序。

- 저는 밥을 먹고 공부해요 .　　　　　　我吃飽飯後唸書。

2. 對等比較或連接二句。

- 수미 씨는 공부하고 수현 씨는 놀아요 .　　　　秀美唸書，秀賢在玩。

- 수지 씨는 한국어를 가르치고 영어를 배워요 .　秀智教韓文，學英文。

- 오늘은 비가 오고 추워요 .　　　　　　今天又下雨又冷。

如果沒有用「고」連接二句，也可以用「그리고」喔。

- 수지 씨는 한국어를 가르쳐요 . 그리고 영어를 배워요 .　秀智教韓文。然後學英文。

- 오늘은 비가 와요 . 그리고 추워요 .　　　　　　今天下雨。而且冷。

3. 可用「N_1 도 V_1 原 고 N_2 도 V_2」形式表達「又 $V_1 N_1$ 又 $V_2 N_2$」。

- 밥도 먹고 커피도 마셔요 .　　　　　　又吃飯又喝咖啡。

單字代文法練習

單字	아요 / 어요
입다 穿	입어요
신다 穿（鞋襪）	신어요
높다 高	높아요
시다 酸	셔요
나쁘다⊖ 壞	나빠요
일하다 工作	일해요
파랗다ⓗ 藍	파래요
붓다ⓘ 腫	부어요
벗다 脫	벗어요

앉다	V 坐	걷다ⓒ	V 走路
살다ㄹ	V 住；生活	걷다	V 捲起（衣袖；褲管）；收取（分攤）費
마시다	V 喝	묻다ⓒ	V 問
기다리다	V 等待	묻다	V 埋；沾到
자다	V 睡覺	곱다ㅂ	A 美；好（膚質等）
끝내다	V 結束	닫다	V 關（非電源類）
보내다	V 寄；渡過（時間）	좁다	A 窄
서다	V 站	씹다	V 嚼
켜다	V 開（電源類）；火	춥다ㅂ	A 冷
세다	V 數	덥다ㅂ	A 熱
N을/를 세다	V 數 N	가깝다ㅂ	A 近
세다	A 大；強（風、力氣等）	멀다ㄹ	A 遠
오다	V 來；下（雨；雪）	받다	V 接；接受；收受
사랑하다	V 愛	넓다	A 寬
오르다ㄹ	V 上升；上漲	낫다ㅅ	A 比較好；V 痊癒

잇다(ㅅ)	**V** 接續；傳承	그리고	（**ADV** / 連接詞） 而且；然後
벗다	**V** 脫	괜찮다	**A** 沒關係；不錯；還行；不用
빗다	**V** 梳	부대찌개	**N** 部隊鍋
씻다	**V** 洗	재미있다	**A** 有趣；好玩（可縮寫為「재밌다」）
푸다(ㅜ)	**V** 舀（出）	어렵다(ㅂ)	**A** 難
빨갛다(ㅎ)	**A** 紅	멜로드라마	**N** 愛情劇（melodrama）
하얗다(ㅎ)	**A** 白	막장드라마	**N** 狗血劇
넣다	**V** 放在～裡	종로	**N** 鍾路（韓國地名）
놓다	**V** 放在～上	교보문고	**N** 教保文庫（韓國書店名）
쉬다	**V** 休息	청소하다	**V** 打掃
되다	**V** 可以；成為；變成～	대학로	**N** 大學路（韓國地名）
이르다(르)	**A** 早	연극	**N** 舞台劇
이르다(러)	**V** 到達；達到	신발	**N** 鞋
푸르다(러)	**A** 青；綠；藍	같이	**ADV** 一起
좋아하다	**V** 喜歡	붓다(ㅅ)	**V** 腫
놀다(ㄹ)	**V** 玩		

學個流行語吧！

- 말잇못   無法繼續接話

「말잇못」是「말을 잇지 못하다」的縮寫，當看到或聽到太荒唐的事情時所表達的感覺，跟臺灣常說的「無言」意思相近，與之前所流行的「헐」語感相似。

노트장 (자기의 필기를 써 보세요)
┃我的筆記（寫寫看自己的筆記）┃

약국이 어디에 있어요 ?

藥局在哪裡 ?

★**重點文法**

N₁ 이 / 가 N₂ 에 있다	N₁ 在 N₂
N(으) 로 가다	去 N
N 와 / 과 ~	N 和~
N 하고 ~	N 和~
N(이) 랑 ~	N 和~
N 도 ~?	N 也~ ?
네 , N 도 ~	是 , N 也~
아니요 , N 은 / 는 ~	不 , N ~
A/V ⑳ 네요 .	A/V 耶。
N(이) 네요 .	是 N 耶。

미나 :　실례지만 약국이 어디에 있어요 ?
美娜 :　不好意思，請問藥局在哪裡？

행인 :　백화점에서 왼쪽으로 돌아가세요 .
路人 :　在百貨公司左轉。

　　　그리고 공원이 보여요 .
　　　然後你會看到公園。

　　　약국은 공원 옆에 있어요 .
　　　藥局在公園旁邊。

미나 :　네 , 감사합니다 .
美娜 :　好的，謝謝你。

───────────────────

직원 :　어서 오세요 .
員工 :　歡迎光臨。

미나 :　감기약이 있어요 ?
美娜 :　請問有感冒藥嗎？

직원 :　코감기약하고 목감기약이 있어요 .
員工 :　有治鼻症狀和喉嚨的感冒藥。

미나 :　그럼 코감기약을 주세요 .
美娜 :　那請給我治鼻子症狀的感冒藥。

小提示

1. 「어디에 있어요 ?」也可縮為「어딨어요 ?」。
2. 藥師本為「약사」稱呼為「약사님」，但因為需做替換練習，所以在此統一為「직원」喔。
3. 在韓國藥局買感冒藥時，通常會以感冒症狀來選藥，畢竟對症下藥就可以了，但若症狀很多就可買「종합감기약」（綜合感冒藥）。

□ **대치 연습 1** │替換練習 1 │

아래 단어를 회화에 넣어 이야기해 보세요 .

請把下列的單字代入會話中。

1. ① 서점　　　　　　書局　　　　　　⑥ 지도　　　　　　地圖

　　② 편의점　　　　　便利商店　　　　⑦ 세계 지도　　　世界地圖

　　③ 도서관　　　　　圖書館　　　　　⑧ 한국 지도　　　韓國地圖

　　④ 서점　　　　　　書局　　　　　　⑨ 한국 지도　　　韓國地圖

　　⑤ 도서관 건너편　圖書館對面

2. ① 이불 가게　　　　棉被店　　　　　⑥ 이불　　　　　　棉被

　　② 백화점　　　　　百貨公司　　　　⑦ 겨울 이불　　　冬被

　　③ 남대문 시장　　南大門市場　　　⑧ 여름 이불　　　夏被

　　④ 이불 가게　　　　棉被店　　　　　⑨ 여름 이불　　　夏被

　　⑤ 남대문 시장 안　南大門市場裡

□ **문장 연습 1** │短句練習 1（填空題）│

단어를 맞게 써넣으세요 .

請填入正確的單字並完成句子。

> **보기 / 範例**
>
> 💬 가 : <u>가방이</u> <u>어디</u>에 있습니까 ? (가방 / 어디)　包包在哪裡？
>
> 💬 나 : <u>의자 위</u>에 있어요 . (의자 위)　　　　　在椅子上面。

① 가 : _____ _____ 에 있습니까 ? (책 / 가방)　　書在包包裡嗎 ?

　　나 : 네 , _____ 에 있어요 . (가방 안)　　是，在包包裡面。

② 가 : _____ 에 _____ 있습니까 ? (집 / 강아지)　　家裡有小狗嗎 ?

　　나 : 아니요 , 집에 _____ 는 _____ . (강아지 / 없다)　　不，家裡沒有小狗。

□ **번역 연습 1** │ 翻譯練習 1 │

아래의 중국어를 한국어로 번역해 보세요 .
請把下列中文翻譯成韓文。

1. 便利商店在藥局旁邊。

　　_____

2. 公園旁邊是圖書館。

　　_____

3. 包包裡有什麼 ?

　　_____

4. 書和字典在桌上。

　　_____

미나 :　여기가 우리 집입니다 .
美娜 :　這裡是我家。

민수 :　집이 참 좋네요 .
敏洙 :　家很棒。

미나 :　제 방에 컴퓨터하고 텔레비전 등이 있어요 .
美娜 :　我的房間有電腦和電視等。

민수 :　방에 냉장고도 있어요 ?
敏洙 :　房間也有冰箱嗎？

미나 :　아니요 , 냉장고는 없어요 .
美娜 :　不，沒有冰箱。

小提示

1. 對話中「여기가」的「가」是強調的意思，當然也可以用「여기는」。
2. 「N 등」（N 等），表示列舉了幾項，意思是「除此之外還有別的」，而「N 등」中間要空格。
3. 「N 도 ~?」的疑問句，若以否定「아니요」回答時，「도」前面的 N 要用「은 / 는」回答。「냉장고」的「고」沒有終聲音所以加「는」。

아래의 중국어를 한국어로 번역해 보세요 .
請把下列的單字代入會話中。

1. ① 인사동   仁寺洞   ⑥ 전통찻집   傳統茶坊
   ② 사람   人   ⑦ 인사동   仁寺洞
   ③ 많다   多   ⑧ 우체국   郵局
   ④ 여기   這裡   ⑨ 우체국   郵局
   ⑤ 쌈지길   （ㅆ商場）森吉街

2. ① 남산   南山   ⑥ 케이블카   纜車
   ② N 서울타워   N 首爾塔   ⑦ 여기   這裡
   ③ 예쁘다   漂亮   ⑧ 약국   藥局
   ④ 거기   那裡   ⑨ 약국   藥局
   ⑤ 전망대   瞭望臺

□ **문장 연습** 2 │短句練習 2（填空題）│

단어를 맞게 써넣으세요 .
請填入正確的單字並完成句子。

> **보기** / 範例
>
> 💬 가 : 교실에 <u>책상</u>하고 <u>의자</u>가 있어요 . (교실 / 책상 / 의자)   教室有書桌和椅子。
>
> 💬 나 : <u>텔레비전</u>도 있어요 ? (텔레비전)   也有電視嗎？
>
> 💬 가 : 네 , <u>텔레비전</u>도 있어요 . (텔레비전)   是，也有電視。
>
> 💬 나 : 아니요 , <u>텔레비전</u>은 없어요 . (텔레비전)   不，沒有電視。

① 가 : _____ 에 _____ 하고 _____ 가 있어요 . (이 커피숍 / 커피 / 케이크)

　　 這家咖啡廳有咖啡和蛋糕。

　나 : _____ 도 있어요 ? (쿠키)　　也有餅乾嗎？

　가 : 아니요 , _____ 없어요 . (쿠키)　　不，沒有餅乾。

② 가 : _____ 에 _____ 하고 _____ 가 있어요 . (우리 집 근처 / 백화점 / 학교)

　　 我家附近有百貨公司和學校。

　나 : _____ 도 있어요 ? (공원)　　也有公園嗎？

　가 : 네 , _____ 있어요 . (공원)　　是，也有公園。

□ **번역 연습 2** │ 翻譯練習 2 │

아래의 중국어를 한국어로 번역해 보세요 .

請把下列中文翻譯成韓文。

1. 這包包好漂亮喔。

　　_____

2. 請給我韓文書和地圖。

　　_____

3. 學校也有韓國人嗎。

　　_____

4. 烤肉好好吃喔。

　　_____

「有」與「在」的用法

1. N₁ 이 / 가 있다　有 N₁ (強調時 이 / 가 → 은 / 는)

(○) (×)

- 강아지가 있어요 .　　　　　　有小狗。
- 한국어 사전이 있어요 .　　　　有韓語字典。
- 무슨 일이 있어요 ?　　　　　　有什麼事嗎？

※若用「강아지는 있어요」中文一樣是「有小狗」的意思，但屬於強調的用法。

2. N₂ 에 있다　在 N₂

地點

- 집에 있어요 .　　　　　　　　在家。
- 대만에 있어요 .　　　　　　　在臺灣。
- 어디에 있어요 ?　　　　　　　在哪裡？

3. N₁ 이 / 가 N₂ 에 있다　N₁ 在 N₂ (強調時 이 / 가 → 은 / 는)

(○) (×) 地點

- 강아지가 집에 있어요 .　　　　小狗在家。
- 한국어 사전이 가방에 있습니다 .　韓語字典在包包。
- 병원이 어디에 있습니까 ?　　　醫院在哪？
- 강아지는 집에 있어요 .　　　　小狗在家。（強調）

4. N₂ 에 N₁ 이 / 가 있다　N₂ 有 N₁

地點　　　(○) (×)

- 집에 강아지가 있어요 .　　　　家裡有小狗。
- 가방에 한국어 사전이 있어요 .　包包裡有韓語字典。
- 어디에 병원이 있습니까 ?　　　哪裡有醫院？

5. 「있다」（有）的反意詞是「없다」（沒有）。

- 저는 강아지가 없어요 .　　　　　　　我沒有小狗。

- 지금 집에 없어요 .　　　　　　　　　現在不在家。

6. 延伸補充

（1）「있다」（在）的尊敬用法是「계시다」、「있으시다」

계시다（主語為人，尊敬對象）

있으시다（主語可以為人、事、物）

主語	N 이 / 가 있다	N 이 / 가 없다
동생 弟弟 / 妹妹	동생이 있습니다 . 동생이 있어요 .	동생이 없습니다 . 동생이 없어요 .
	N 이 / 가 계시다	**N 이 / 가 안 계시다**
할머니 奶奶	할머니가 계십니다 . 할머니가 계세요 .	할머니가 안 계십니다 . 할머니가 안 계세요 . **N 이 / 가 계시지 않다** 할머니가 계시지 않습니다 . 할머니가 계시지 않아요 .
	N 이 / 가 있으시다	**N 이 / 가 없으시다**
시간 時間	시간이 있으십니까 ? （您有空嗎？） 시간이 있으세요 ?	김 선생님은 시간이 없으십니다 . （金老師沒空。） 김 선생님은 시간이 없으세요 .

（2）若要在「있다」加上位置時，語順跟中文一樣喔。

- 의자 옆에 있어요 .　　　　　　　　在椅子旁邊。

※但如果是「벽에」（牆壁上）或「천장에」（天花板上）就不另外加「위」。

- 가방이 의자 옆에 있어요 .　　　　　包包在椅子旁邊。

- 핸드폰이 가방 안에 있어요 .　　　　手機在包包裡。

「N(으)로」表示「移動方向」之用法

　　「N(으)로」在韓文裡有很多種用法，我們今天先來看其中一種，當「N(으)로」加上移動動詞，如「가다 / 오다 / 돌아가다」就表示往某個地點去、來或回去喔。

1. N(으)로＋移動動詞（가다 / 오다 / 돌아가다）

　　　地點：移動的方向

> N 沒有終聲音或ㄹ結尾＋로
> N 有終聲音（ㄹ除外）＋으로

- 대구로 갑니다 .　　　　　　　去大邱。

- 서울로 갑니다 .　　　　　　　去首爾。

- 부산으로 갑니다 .　　　　　　去釜山。

2. 「N(으)로」用於表示移動方向而且是明確的地點時，可與「N에」替換使用。

- → 대구에 갑니다 .　　　　　　去大邱。

- → 서울에 갑니다 .　　　　　　去首爾。

- → 부산에 갑니다 .　　　　　　去釜山。

3. 延伸補充

　　但若是「왼쪽」（左邊）、「오른쪽」（右邊）、「이쪽」（這邊）、「그쪽」（那邊）、「저쪽」（那邊）等，非明確的地點，而只是表達方向的 N 時，只用「(으)로」喔。

- 왼쪽으로 가세요 .　　　　　　請往左邊走。

- 오른쪽으로 돌아가세요 .　　　請右轉。

문법 3 ｜文法 3 ｜

「和」用法

　　生活中很常用到「和～」這個字，而在韓文中，「和」有許多不同的用法，一起來看看有哪些吧！

1. 用「和」連結 2 個名詞，連結後可視為一整個名詞，助詞加在最後一個名詞後面。

　　（1）N₁ 와 / 과 N₂　N₁ 和 N₂
　　　　　（×）（○）

> N 沒有終聲音＋와
> N 有終聲音＋과

- 의자와 책상　　　　　　　椅子和書桌

- 책상과 의자　　　　　　　書桌和椅子

- 책상과 의자가 있어요 .　　有書桌和椅子。

　　（2）N₁ 하고 N₂　N₁ 和 N₂

「하고」較口語，N 連結時不分有無終聲音。

- 의자하고 책상　　　　　　椅子和書桌

- 책상하고 의자　　　　　　書桌和椅子

　　（3）N₁(이) 랑 N₂　N₁ 和 N₂

「(이) 랑」是最口語的表達，雖然屬於口語上的用詞，但有時也會出現在韓檢喔！

> N 沒有終聲音＋랑
> N 有終聲音＋이랑

- 의자랑 책상　　　　　　　椅子和書桌

- 책상이랑 의자　　　　　　書桌和椅子

（4）N₁ 및 N₂ 　 N₁ 以及 N₂

這屬於最正式的用法，常用於工作上或說明書等正式的地方。

- 의자 및 책상　　　　　　　椅子和書桌

- 책상 및 의자　　　　　　　書桌和椅子

2. 和 N 一起 V

（1）N 와 / 과 같이 V

- 친구와 같이 가요 .　　　　和朋友一起去。

（2）N 하고 같이 V

- 친구하고 같이 가요 .　　　和朋友一起去。

（3）N(이) 랑 같이 V

- 친구랑 같이 가요 .　　　　和朋友一起去。

문법 4 │文法 4│

「N 도 ~?」的用法

「N 도 ~?」意思是「N 也～？」用「도」來問的疑問句。

若肯定句回答 → 네, N 도 ~.　　　　　　是, N 也～。
若否定句回答 → 아니요, N 은 / 는 ~.　　不, N ～。
（○）（×）

- 텔레비전도 있어요 ?　　　　　也有電視嗎？

- 네 , 텔레비전도 있어요 .　　　是，也有電視。

- 아니요 , 텔레비전은 없어요 .　不，沒有電視。

- 민수 씨도 가요 ?　　　　　　敏洙也去嗎？

- 네 , 민수 씨도 가요 .　　　　是，敏洙也去。

- 아니요 , 민수 씨는 안 가요 .　不，敏洙不去。

感嘆語尾「～네요.」 ～耶！～喔！

| A/V ⑩ 네요 . | A/V 耶。 | A/V ⑭ 네요 . | A/V 了耶。 |
| N(이) 네요 . | 是 N 耶。 | N 였 / 이었네요 . | 是 N 了耶。 |

● 사람이 많네요 .　　　　　　人很多耶！

● 케이크가 다네요 .　　　　　　蛋糕很甜耶！

※（「달다」去「다」，ㄹ不規則，「ㄹ」遇「ㅅ、ㄴ、ㅂ」之一脫落）

● 여기가 인사동이네요 .　　　　這裡是仁寺洞耶！

● 김미선 씨가 주인공이네요 .　　金美善是主角耶！

※為表達文法的完整性，先部分列出過去式，但因尚未學到過去式，因此學會過去式後
　　再來復習一下下列的句子吧！

● 많이 샀네요 .　　　　　　　　買了很多耶！

● 지난주에 바빴네요 .　　　　　上週好忙了耶！

● 민수 씨가 기자였네요 .　　　　敏洙是記者啊！

單字代文法練習

1. _____ 이 / 가 있습니다 .   有 N 。
　　(○)(×)

單字	N 이 / 가 있습니다 有 N 。 (○) / (×)	
도서관　　圖書館	도서관이 있습니다 .	有圖書館。
케이크　　蛋糕	케이크가 있습니다 .	有蛋糕。
한국 친구　韓國朋友	한국 친구가 있습니다 .	有韓國朋友。

2. _____ (으) 로 갑니다 .   去 N 。

單字	N(으) 로 갑니다 . 去 N 。	
한국　韓國	한국으로 갑니다 .	去韓國。
식당　餐廳	식당으로 갑니다 .	去餐廳。
학교　學校	학교로 갑니다 .	去學校。
교실　教室	교실로 갑니다 .	去教室。（ ㄹ ＋ 로 ）

3. _____ 와 / 과 _____ 주세요 . 請給我 N 和 N 。 （ 此句省略「을 / 를」）
　　(×)(○)

　　_____ 하고 _____ 주세요 .

　　_____ (이) 랑 _____ 주세요 .

單字	N 와 / 과 N 주세요 . (×) / (○) 請給我 N 和 N 。	N 하고 N 주세요 . 請給我 N 和 N 。	N(이) 랑 N 주세요 . 請給我 N 和 N 。
케이크　蛋糕 커피　咖啡	케이크와 커피 주세요 .	케이크하고 커피 주세요 .	케이크랑 커피 주세요 .
치킨　炸雞 맥주　啤酒	치킨과 맥주 주세요 .	치킨하고 맥주 주세요 .	치킨이랑 맥주 주세요 .

4. A/V 네요 . / N(이) 네요 .

單字		A/V 네요 . N(이) 네요 .
가다	去	가네요
먹다	吃	먹네요
듣다ㄷ	聽	듣네요
만들다ㄹ	做	만드네요
돕다ㅂ	幫助	돕네요
바쁘다ㅡ	忙	바쁘네요
맵다ㅂ	辣	맵네요
낫다ㅅ	較好	낫네요
빨갛다ㅎ	紅	빨갛네요
가깝다ㅂ	近	가깝네요
맛있다	好吃	맛있네요
가수	歌手	가수네요
한국 사람	韓國人	한국 사람이네요

약국	**N** 藥局	위	**N** 上面；胃
있다	**V** 在 **A** 有	건너편	**N** 對面
없다	**A** 沒有；不在	맞은편	**N** 對面
계시다	**V** 在（尊敬對象）	안	**N** 裡面
강아지	**N** 小狗	아래 / 밑	**N** 下面；底下
개	**N** 狗	근처 / 근방	**N** 附近
고양이	**N** 貓	왼쪽	**N** 左邊
사전	**N** 字典	오른쪽	**N** 右邊
일	**N** 事情；工作	이쪽	**N** 這邊
핸드폰 / 휴대 전화	**N** 手機	그쪽	**N** 那邊
스마트폰	**N** 智慧型手機（smart phone）	저쪽	**N** 那邊（最遠）
병원	**N** 醫院	중간 / 가운데 / 사이	**N** 中間
앞	**N** 前面	벽	**N** 牆壁
옆	**N** 旁邊	천장	**N** 天花板
뒤	**N** 後面	침대	**N** 床

第 6 課

행인	**N** 路人	편의점	**N** 便利商店
백화점	**N** 百貨公司	세계	**N** 世界
돌아가다	**V** 轉；回去；轉動	이불 가게	**N** 棉被店
(N 이 / 가) 보이다	**V** 看見 N	남대문 시장	**N** 南大門市場
서울	**N** 首爾（韓國地名）	봄	**N** 春
대구	**N** 大邱（韓國地名）	여름	**N** 夏
부산	**N** 釜山（韓國地名）	가을	**N** 秋
N 등	**N** N 等等	겨울	**N** 冬
의자	**N** 椅子	참	**ADV** 非常；很
책상	**N** 書桌	냉장고	**N** 冰箱
실례지만 / 실례하지만	**慣用句** 不好意思；打擾一下	주인공	**N** 主角
감사하다	**V** 感謝	쌈지길	**N** 森吉街 （仁寺洞的人人商場）
쭉 가다	**V** 直走	케이블카	**N** 纜車
직원	**N** 員工	전망대	**N** 瞭望台
약사	**N** 藥師	쿠키 / 과자	**N** 餅乾（cookie）
감기약	**N** 感冒藥	치킨	**N** 炸雞（chicken）
코	**N** 鼻子	맥주	**N** 啤酒
목	**N** 脖子；喉嚨		

學個流行語吧！

- 맴찢　　　　　　　　　　　　　撕裂般的心痛

　　「맴찢」是「마음이 찢어진다」的縮語，意思是「撕裂般的心痛」。另外還有一個之前流行的詞，叫「쿠크다스 심장」，指的是「易碎的心」、「容易受傷的心」。「쿠크다스」（couque d'asse）是韓國的夾心餅乾，是一種容易碎掉的餅乾，再加上「심장」（心臟）二字，就成了「易碎的心」。希望大家天天開心，用不到這個單字。

노트장 (자기의 필기를 써 보세요)
┃ 我的筆記（寫寫看自己的筆記）┃

_____

_____

_____

_____

_____

_____

_____

_____

어제 영화를 봤어요.

昨天看了電影。

★重點文法 ────────────

A/V ㉙ 다	A/V 了
N 였 / 이었다	是 N 了
A/V ㉞ (으) 셨다	A/V 了
N(이) 셨다	是 N 了
A/V ㉭ 서 ~	因為 A/V ~
N 이어서 / 여서 ~	因為是 N ~
N(이) 라서 ~	因為是 N ~
N 에 ~	（에為時間點助詞）

수지 : 민수 씨 , 어제 뭘 하셨어요 ?
秀智 : 敏洙，你昨天做了什麼？

민수 : 저는 어제 영화를 봤어요 .
敏洙 : 我昨天看了電影。

수지 : 누구하고 같이 보셨어요 ?
秀智 : 你和誰一起看的？

민수 : 동생하고 같이 봤어요 .
敏洙 : 和我弟一起看的。

수지 : 재미있으셨어요 ?
秀智 : 好看嗎？

민수 : 네 , 재미있었어요 .
敏洙 : 是，很好看。

　　　　수지 씨는 어제 뭘 하셨어요 ?
　　　　秀智你昨天做了什麼？

수지 : 저는 어제 집에서 쉬었어요 .
秀智 : 我昨天在家休息。

小提示

1. 因為對話中在談論的是「昨天」，已為「過去的事件」，所以都要用過去式問答喔！
2. 敬語法在韓文運用上很重要，所以多練習一下吧！對話中問句皆已套用了喔！
3. 「재미있으셨어요 ?」因為是在問敏洙的感覺，所以用敬語法喔！

第 7 課

아래 단어를 회화에 넣어 이야기해 보세요 .
請把下列的單字代入會話中。

1. ① 강남에 가다　　去江南　　⑥ 즐겁다　　　開心
   ② 가다　　　　　去　　　　⑦ 청소하다　　打掃
   ③ 여자 친구　　　女朋友
   ④ 가다　　　　　去
   ⑤ 즐겁다　　　　開心

2. ① 쇼핑하다　　　逛街　　　⑥ 많이 사다　　買很多
   ② 쇼핑하다　　　逛街　　　⑦ 공부하다　　溫習功課
   ③ 친구　　　　　朋友
   ④ 쇼핑하다　　　逛街
   ⑤ 많이 사다　　　買很多

□ 문장 연습 1 | 短句練習 1 (填空題) |

단어를 맞게 써넣으세요 .
請填入正確的單字並完成句子。

請完成 2 種敬語法練習。

보기 / 範例

💬 가 : 시장에서 뭘 <u>사셨습니까</u> ? (사다)　　　在市場買了什麼 ?

　　　　<u>사셨어요</u> ? (사다)

💬 나 : 옷을 <u>샀어요</u> . (사다)　　　我買了衣服。

① 가 : 어제 누구를 _____ ? (만나다)　　　你昨天見了誰？

　　　　　　 _____ ? (만나다)

　　나 : 영숙 씨를 _____ . (만나다)　　　我見了英淑。

② 가 : 주말에 어디에 _____ ? (가다)　　　你週末去了哪裡？

　　　　　　 _____ ? (가다)

　　나 : 도서관에 _____ . (가다)　　　我去了圖書館。

□ **번역 연습 1** | 翻譯練習 1 |

아래의 중국어를 한국어로 번역해 보세요 .
請把下列中文翻譯成韓文。

1. 我昨天見了朋友。

　　_____

2. 奶奶星期三去韓國了。

　　_____

3. 我星期六去了書局。

　　_____

4. 媽媽看了韓劇。

　　_____

민수 : 수지 씨 , 주말 잘 보내셨습니까 ?
敏洙 : 秀智週末過得好嗎 ?

수지 : 네 , 어제는 친구 생일이라서 같이 영화도 보고 쇼핑도 해서 아주 즐거웠어요 .
秀智 : 是，因為昨天是朋友的生日，一起看電影、逛街好開心。

민수 : 뭘 사셨습니까 ?
敏洙 : 買了什麼？

수지 : 친구는 옷을 사고 저는 모자랑 신발을 샀어요 .
秀智 : 朋友買了衣服，我買了帽子和鞋子。

　　　민수 씨도 주말 잘 보내셨어요 ?
　　　敏洙你週末也過得好嗎？

민수 : 아니요 , 저는 일이 많아서 집에서 일했어요 .
敏洙 : 不，我因為工作太多，所以在家工作了。

수지 : 고생하셨네요 .
秀智 : 辛苦你了。

小提示

1. 這次也一起練一下格式體的敬語法吧！，如「보내셨습니까 ？」。
2. 「 (이) 라서」與「여서 / 이어서」可相互替換，因此也可用「생일이어서」，口語上較常用前者。
3. 「 N 도 V 고 N 도 V 」連結表述 2 個動作。（可參考第 5 課）
4. 「수고하다 / 고생하다」（辛苦了），不能對老闆或是老師等輩分較高的對象說喔！

□ **대치 연습 2** │替換練習 2│

아래의 중국어를 한국어로 번역해 보세요 .

請把下列的單字代入會話中。

1. ① 동창회   同學會
   ② 밥 / 먹다 / 노래방 / 가다   飯 / 吃 /KTV/ 去
   ③ 재미있다   有趣 / 好玩
   ④ 드시다   吃
   ⑤ 친구 / 불고기 / 먹다   朋友 / 烤肉 / 吃
   ⑥ 설렁탕 / 먹다   雪濃湯 / 吃
   ⑦ 회사에 가다   去公司

2. ① 여동생이 한국에 오다   妹妹來韓國
   ② 관광 / 하다 / 쇼핑 / 하다   觀光 / 逛街
   ③ 좋다   很棒
   ④ 사다   買
   ⑤ 여동생 / 옷하고 이불 / 사다   妹妹 / 衣服和棉被 / 買
   ⑥ 책 / 사다   書 / 買
   ⑦ 부장님하고 출장을 가다   和部長出差

第 7 課

□ **문장 연습 2** | 短句練習 2（填空題）|

단어를 맞게 써넣으세요.

請填入正確的單字並完成句子。

請利用敬語法完成 2 種練習。

보기 / 範例

💬 가 : 월요일에 뭘 <u>하셨습니까</u> ? (하다)　　　　星期一做了什麼？

　　　　　　<u>하셨어요</u> ?

💬 나 : <u>아파서</u> 병원에 갔어요 . (아프다)　　　　因為身體不舒服，去了醫院。

① 가 : 어제 왜 모임에 안 _____ ? (오다)　　昨天怎麼沒來參加聚會？

　　　　　　　_____ ? (오다)

　나 : 숙제가 _____ 서요 . (많다)　　　　因為作業很多。

② 가 : 주말에 산에 _____ ? (가다)　　　週末有去山上嗎？

　　　　　　_____ ? (가다)

　나 : 아니요 , 비가 많이 _____ 서 안 갔어요 . (오다)

　　　不，因為雨很大，所以沒去。

아래의 중국어를 한국어로 번역해 보세요 .

請把下列中文翻譯成韓文。

1. 因為是週末，所以人很多。

   _____

2. 因為百貨公司在打折，所以買了很多。

   _____

3. 因為地下鐵很快，所以方便。

   _____

4. 因為韓國很美，所以我喜歡。

   _____

過去式活用

　　在韓文，無論是動詞、形容詞或是名詞皆有過去式喔。一般來說，會以「았다 / 었다」等形式來表達，在此皆以「㉰다」表達。

> A/V ㉰ 다
>
> N 였다 / 이었다

| N 沒有終聲音＋였다 |
| N 有終聲音＋이었다 |

而我們可以用「아요 / 어요」（요形）來輕鬆的做過去式變化。

1. A/V 變化（A/V 的改法相同）

（1）

	→사요 .	「요」形。
사다 買	→샀다 .	過去式原形， ＊「요」前無條件加「ㅆ」，「요」改成「다」。
	→샀습니다 . →샀습니까 ?	過去式格式體， ＊「ㅆ」當分界線，加「습니다 ./ 습니까 ?」。
	→샀어요 . →샀어요 ?	過去式非格式體， ＊「ㅆ」當分界線，加「어요 ./ 어요 ?」。

　　「있다 / 겠다」中雖有「ㅆ」，但不是過去式喔！除此之外，過去式都有「ㅆ」，所以格式體一定是「습니다 ./ 습니까 ?」，而非格式體則一律都是「어요 ./ 어요 ?」。

※過去式原形也很重要喔，因為很多文法都用得到。

- 저는 어제 가방을 샀습니다 .　　　我昨天買了包包。

- 친구는 어제 구두를 샀어요 .　　　朋友昨天買了皮鞋。

（2）

먹다 吃	→먹어요 .	「요」形。
	→먹었다 .	過去式原形， ＊「요」前無條件加「ㅆ」，「요」改成「다」。
	→먹었습니다 . →먹었습니까 ?	過去式格式體， ＊「ㅆ」當分界線，加「습니다 ./ 습니까 ?」。
	→먹었어요 . →먹었어요 ?	過去式非格式體， ＊「ㅆ」當分界線，加「어요 ./ 어요 ?」。

（3）

운동하다 運動	→운동해요 .	「요」形。
	→운동했다 .	過去式原形， ＊「요」前無條件加「ㅆ」，「요」改成「다」。
	→운동했습니다 . →운동했습니까 ?	過去式格式體， ＊「ㅆ」當分界線，加「습니다 ./ 습니까 ?」。
	→운동했어요 . →운동했어요 ?	過去式非格式體， ＊「ㅆ」當分界線，加「어요 ./ 어요 ?」。

（4）

덥다ⓗ 熱	→더워요 .	「요」形。
	→더웠다 .	過去式原形， ＊「요」前無條件加「ㅆ」，「요」改成「다」。
	→더웠습니다 . →더웠습니까 ?	過去式格式體， ＊「ㅆ」當分界線，加「습니다 ./ 습니까 ?」。
	→더웠어요 . →더웠어요 ?	過去式非格式體， ＊「ㅆ」當分界線，加「어요 ./ 어요 ?」。

（5）

빨갛다ⓗ 紅	→빨개요 .	「요」形。
	→빨갰다 .	過去式原形， ＊「요」前無條件加「ㅆ」，「요」改成「다」。
	→빨갰습니다 . →빨갰습니까 ?	過去式格式體， ＊「ㅆ」當分界線，加「습니다 ./ 습니까 ?」。
	→빨갰어요 . →빨갰어요 ?	過去式非格式體， ＊「ㅆ」當分界線，加「어요 ./ 어요 ?」。

另外，若想用「요」形直接變化為過去式原形時，也可以用以下方式改改看喔。

以「가요 → 갔어요」為例，「요」前面的動詞或形容詞先加「ㅆ」，再加「어」。

過去式「요」形，無論是哪個單字都是「~어요」。

- 먹어요 → 먹었어요 .

- 있어요 → 있었어요 .

2. N 變化

N 的過去式要記住是「N 였다 / 이었다」喔。

N 였 이었	다（×） 다（○）	過去式原形
N 였 이었	습니다 ./ 습니까 ?	過去式格式體
N 였 이었	어요 ./ 어요 ?	過去式非格式體

（1）

의사 醫生	→의사였다	過去式原形，「사」沒終聲音加「였다」。
	→의사였습니다 . →의사였습니까 ?	過去式格式體， ＊「ㅆ」當分界線，加「습니다 ./ 습니까 ?」。
	→의사였어요 . →의사였어요 ?	過去式非格式體， ＊「ㅆ」當分界線，加「어요 ./ 어요 ?」。

（2）

학생 學生	→학생이었다	過去式原形，「생」有終聲音加「이었다」。
	→학생이었습니다 . →학생이었습니까 ?	過去式格式體， ＊「ㅆ」當分界線，加「습니다 ./ 습니까 ?」。
	→학생이었어요 . →학생이었어요 ?	過去式非格式體， ＊「ㅆ」當分界線，加「어요 ./ 어요」。

3. A/V/N 敬語法的變化

A/V 原 (으) 시다　　　　　　敬語法原形
N(이) 시다

A/V 原 (으) 십니다 .　　　　敬語法格式體
A/V 原 (으) 십니까 ?
N(이) 십니다 .
N(이) 십니까 ?

A/V 原 (으) 세요 .　　　　　敬語法非格式體
A/V 原 (으) 세요 ?
N(이) 세요 .
N(이) 세요 ?

A/V 原 (으) 셨다　　　　　　敬語法過去式原形
N(이) 셨다

A/V 原 (으) 셨습니다 .　　　　敬語法過去式格式體
A/V 原 (으) 셨습니까 ?
N(이) 셨습니다 .
N(이) 셨습니까 ?

A/V 原 (으) 셨어요 .　　　　　敬語法過去式非格式體
A/V 原 (으) 셨어요 ?
N(이) 셨어요 .
N(이) 셨어요 ?

※A/Vㅂ不規則單字「으」要變「우」。

（1）

가다 去	→가시다	敬語法原形
	→가십니다 ./ 가십니까 ?	敬語法格式體
	→가세요 ./ 가세요 ?	敬語法非格式體
	→가셨다	敬語法過去式原形
	→가셨습니다 ./ 가셨습니까 ?	敬語法過去式格式體
	→가셨어요 ./ 가셨어요 ?	敬語法過去式非格式體

- 김 선생님은 미국에 가셨습니다 .　　金老師去美國了。

- 박 이사님은 어디에 가셨습니까 ?　　朴理事去哪裡了 ?

- 박 이사님은 지사에 가셨어요 .　　朴理事去分公司了。

　　　　　　　　　　　　　　（回答者非朴理事本人，所以可用敬語法）

（2）

바쁘다⊖ 忙	→바쁘시다	敬語法原形
	→바쁘십니다 ./ 바쁘십니까 ?	敬語法格式體
	→바쁘세요 ./ 바쁘세요 ?	敬語法非格式體
	→바쁘셨다	敬語法過去式原形
	→바쁘셨습니다 ./ 바쁘셨습니까 ?	敬語法過去式格式體
	→바쁘셨어요 ./ 바쁘셨어요 ?	敬語法過去式非格式體

- 정우 씨 , 오늘 바쁘세요 ?　　正宇今天忙嗎 ?

- 아버지는 어제 바쁘셨습니다 .　　爸爸昨天很忙。

- 어머니도 어제 바쁘셨어요 .　　媽媽昨天也很忙。

（3）

	→선생님이시다	敬語法原形
선생님 老師	→선생님이십니다 ./ 선생님이십니까 ?	敬語法格式體
	→선생님이세요 ./ 선생님이세요 ?	敬語法非格式體
	→선생님이셨다	敬語法過去式原形
	→선생님이셨습니다 ./ 선생님이셨습니까 ?	敬語法過去式格式體
	→선생님이셨어요 ./ 선생님이셨어요 ?	敬語法過去式非格式體

- 그분은 누구세요 ?　　　　　　　　那位是誰？

- 우리 한국어 선생님이세요 .　　　　是我們的韓文老師。

- 아버지는 선생님이셨습니다 .　　　　爸爸以前是老師。

- 어제 그분은 김 선생님이 아니셨어요 .　昨天那位不是金老師。

表示原因的「서」的用法

A/V ⊗ 서 ～	因為 A/V ～
N 여서 / 이어서 ～	因為是 N ～
N 라서 / 이라서 ～	因為是 N ～

在韓文中，用來表達中文「因為～所以～」這種「原因」的文法很多，我們先來看看最常用的「～서」吧！

1. A/V ⊗ 서～　因為 A/V ～

- 비가 오다 ⇒ 바가 와서 ～

  비가 와서 안 나갔어요 .　　　　因為下雨，所以沒出去。

- 덥다 ⇒ 더워서 ～

  더워서 아이스크림을 먹었습니다 .　因為很熱，所以吃了冰淇淋。

- 가 : 어제 왜 학교에 안 왔어요 ?　昨天怎麼沒來學校 ?

  나 : 아파서 안 왔어요 .　　　　　因為身體不舒服，所以沒來。

  （或）아파서요 .　　　　　　　　因為身體不舒服。

※若雙方皆知在談論的話題，那也可以在「～서」後面直接加「요」省略一個小子句喔。

2. N 여서 ～（ ✕ ）　因為是 N ～
　　이어서 ～（ ○ ）

N 有終聲音＋이어서 ～	N 沒有終聲音＋여서 ～
학생　→　학생이어서 ～	의사　→　의사여서 ～

3. N 라서 ~ (×)（較口語） 因為是 N ~

  이라서 ~（○）

N 有終聲音＋이라서 ~	N 沒有終聲音＋라서 ~
학생　→　학생이라서 ~	의사　→　의사라서 ~

- 의사　　⇒　　의사여서 ~／의사라서 ~

  정우 씨는 <u>의사여서</u> 바빠요.　　正字因為是醫生，所以很忙。

　　　　　　＝의사라서

4. 延伸補充：敬語法加「~ 서」的運用

   A/V 原 (으) 셔서~

   N (이) 셔서~

- 어머니가 꽃을 좋아하셔서 많이 사셨어요.　　媽媽因為喜歡花，所以買了很多。
- 선생님이 바쁘셔서 한국에 안 가셨습니다.　　老師因為很忙，所以沒有去韓國。
- 아버지가 의사셔서 바쁘세요.　　爸爸是醫生所以很忙。

문법 3 ｜文法 3 ｜

N 에 ~

　　　前面已學過地點助詞「에 ~」，這次來看看時間點助詞「에 ~」。

- 주말에 가요.　　週末去。
- 월요일에 친구를 만났어요.　　星期一見了朋友。
- 일요일에 뭘 하셨어요?　　星期日做了什麼？

※ 唯，「어제」（昨天）、「오늘」（今天）、「내일」（明天）、「지금」（現在）、
　「언제」（何時）之類的單字不可加「에」，若要強調可加「은／는」。

單字代文法練習

1.

	→만들어요 .	요形
만들다ⓡ 做	→만들었다 .	過去式原形
	→만들었습니다 .	過去式格式體
	→만들었어요 .	過去式非格式體

	→들어요 .	요形
듣다ⓒ 聽	→들었다 .	過去式原形
	→들었습니다 .	過去式格式體
	→들었어요 .	過去式非格式體

	→도와요 .	요形
돕다ⓗ 幫助	→도왔다 .	過去式原形
	→도왔습니다 .	過去式格式體
	→도왔어요 .	過去式非格式體

	→나아요 .	요形
낫다ⓢ 比較好	→나았다 .	過去式原形
	→나았습니다 .	過去式格式體
	→나았어요 .	過去式非格式體

	→기자예요 .	요形
기자 記者	→기자였다 .	過去式原形
	→기자였습니다 .	過去式格式體
	→기자였어요 .	過去式非格式體

	→은행원이에요 .	요形
은행원 銀行員	→은행원이었다 .	過去式原形
	→은행원이었습니다 .	過去式格式體
	→은행원이었어요 .	過去式非格式體

2. 套用敬語法

만들다(ㄹ) 做	→만드세요 .	요形
	→만드셨다 .	過去式原形
	→만드셨습니다 .	過去式格式體
	→만드셨어요 .	過去式非格式體
듣다(ㄷ) 聽	→들으세요 .	요形
	→들으셨다 .	過去式原形
	→들으셨습니다 .	過去式格式體
	→들으셨어요 .	過去式非格式體
돕다(ㅂ) 幫助	→도우세요 .	요形
	→도우셨다 .	過去式原形
	→도우셨습니다 .	過去式格式體
	→도우셨어요 .	過去式非格式體
낫다(ㅅ) 比較好	→나으세요 .	요形
	→나으셨다 .	過去式原形
	→나으셨습니다 .	過去式格式體
	→나으셨어요 .	過去式非格式體
기자 記者	→기자세요 .	요形
	→기자셨다 .	過去式原形
	→기자셨습니다 .	過去式格式體
	→기자셨어요 .	過去式非格式體
은행원 銀行員	→은행원이세요 .	요形
	→은행원이셨다 .	過去式原形
	→은행원이셨습니다 .	過去式格式體
	→은행원이셨어요 .	過去式非格式體

3. ～서

單字		아서 / 어서
사다	買	사서
먹다	吃	먹어서
듣다ⓒ	聽	들어서
만들다ⓔ	做	만들어서
돕다ⓑ	幫助	도와서
크다ⓐ	大	커서
작다	小	작아서
길다ⓔ	長	길어서
맛있다	好吃	맛있어서
빨갛다ⓗ	紅	빨개서
붓다ⓢ	腫	부어서
덥다ⓑ	熱	더워서
학생	學生	학생이어서 / 학생이라서
의사	醫生	의사여서 / 의사라서

이사	**N** 理事（稱呼時加「님」，이사님）	대리	**N** 代理（稱呼時加「님」，대리님）
대표	**N** 代表（稱呼時加「님」，대표님）	월요일	**N** 星期一
본부장	**N** 本部長（稱呼時加「님」，본부장님）	화요일	**N** 星期二
부장	**N** 部長（稱呼時加「님」，부장님）	수요일	**N** 星期三
차장	**N** 次長（稱呼時加「님」，차장님）	목요일	**N** 星期四
회장	**N** 會長（稱呼時加「님」，회장님）	금요일	**N** 星期五
사장	**N** 社長；總經理（稱呼時加「님」，사장님）	토요일	**N** 星期六
부사장	**N** 副社長；副總（稱呼時加「님」，부사장님）	일요일	**N** 星期日
과장	**N** 課長（稱呼時加「님」，과장님）	무슨 요일	**N** 星期幾
팀장	**N** 副理；經理（team leader）（稱呼時加「님」，팀장님）	주말	**N** 週末
주임	**N** 主任（稱呼時加「님」，주임님）	지사	**N** 分公司

본사	**N** 總公司	동창회	**N** 同學會
나가다	**V** 出去	동문회	**N** 校友會
강남	**N** 江南（韓國地名）	동아리	**N** 學校社團
세일하다	**V** 打折	동호회	**N** 同好會
여자 친구	**N** 女朋友（簡稱「여친」）	노래방	**N** KTV
남자 친구	**N** 男朋友（簡稱「남친」）	밥	**N** 飯
여자 사람 친구	**N** 女性朋友（簡稱「여사친」）	관광	**N** 觀光
남자 사람 친구	**N** 男性朋友（簡稱「남사친」）	관광하다	**V** 觀光
즐겁다ⓗ	**A** 開心；愉快	출장	**N** 出差
많이	**ADV** 多；很	왜	**ADV** 為什麼
생일	**N** 生日	모임	**N** 聚會
옷	**N** 衣服	지하철 / 전철	**N** 地下鐵
모자	**N** 帽子	편리하다	**A** 方便；便利
고생하다	**V** 辛苦；受苦		
수고하다	**V** 辛苦；受苦		

學個流行語吧！

- 셀럽　　　　　　　　　　　有名人士、上流人士

　「셀럽」是外來語，原文是英文「celeb」，為「celebrity」的簡稱，是有名人士或是上流人士的意思，這個詞最近在韓劇也很常聽到喔。

노트장 (자기의 필기를 써 보세요)
│ 我的筆記（寫寫看自己的筆記）│

第 7 課

김치는 맵지만 맛있습니다.

泡菜很辣但很好吃。

★**重點文法**

A/V 原 지만 ~	雖然 A/V ～但是～
A/V 過 지만 ~	雖然 A/V 了～但是～
N(이) 지만 ~	雖然是 N ～但是～
N 였 / 이었지만 ~	雖然是 N ～但是～
V 原 고 싶다	想 V ～
V 原 고 싶어 하다	想 V ～
못 V	不會 V/ 沒辦法 V/ 不能 V

미영 : 세현 씨 , 점심에 뭘 드시고 싶으세요 ?
美英 : 世賢，中餐想吃什麼？

세현 : 저는 김치찌개를 먹고 싶습니다 .
世賢 : 我想吃泡菜鍋。

미영 : 김치를 좋아하세요 ?
美英 : 你喜歡泡菜嗎？

세현 : 네 , 아주 좋아합니다 .
世賢 : 是，我很喜歡。

미영 : 안 매우세요 ?
美英 : 不辣嗎？

세현 : 김치는 맵지만 맛있습니다 .
世賢 : 泡菜很辣但很好吃。

小提示

1. 會話中的問句都使用「敬語法加非格式體」，要替換為「敬語法加格式體」時如下：

   뭘 드시고 싶으세요 ? → 뭘 드시고 싶으십니까 ?

   좋아하세요 ? → 좋아하십니까 ?

   매우세요 ? → 매우십니까 ?

2. 會話中的答句都使用格式體，要替換為「非格式體」時如下：

   먹고 싶습니다 . → 먹고 싶어요 .

   좋아합니다 . → 좋아해요 .

   맛있습니다 . → 맛있어요 .

3. 「안 매우세요 ?」因為問的是對方的感覺，所以要用敬語法喔！

第 8 課

□ 대치 연습 1 │ 替換練習 1 │

아래 단어를 회화에 넣어 이야기해 보세요 .
請把下列的單字代入會話中。

1. ① 간장게장　　　醬蟹（醬油口味的）
   ② 게장　　　　　醬蟹
   ③ 짜다　　　　　鹹
   ④ 간장게장　　　醬蟹（醬油口味的）
   ⑤ 짜다　　　　　鹹

2. ① 초콜릿 케이크　巧克力蛋糕
   ② 초콜릿　　　　巧克力
   ③ 달다　　　　　甜
   ④ 초콜릿　　　　巧克力
   ⑤ 달다　　　　　甜

□ 문장 연습 1 │ 短句練習 1（填空題）│

단어를 맞게 써넣으세요 .
請填入正確的單字並完成句子。

보기 / 範例

💬 정우 씨는 멋있지만 키가 작아요 . (멋있다)　　正宇很帥但是個子矮。

💬 저는 김치를 좋아하지만 친구는 안 좋아해요 . (좋아하다)
　　我喜歡泡菜，但朋友不喜歡。

① 한국은 _____ 지만 대만은 안 추워요 . (춥다)　　韓國很冷，但臺灣不冷。

② 한국은 어제 눈이 _____ 지만 일본은 안 왔어요 . (오다)

韓國昨天下雪，但日本沒下。

③ 한국에 _____ 지만 시간이 없어요 . (가고 싶다)　　想去韓國但沒時間。

□ **번역 연습 1** ｜ 翻譯練習 1 ｜

아래의 중국어를 한국어로 번역해 보세요 .
請把下列中文翻譯成韓文。

1. 我喜歡泡菜，但是很辣。
　　_____

2. 昨天下雨但不冷。
　　_____

3. 我吃泡菜鍋，但朋友吃烤肉。
　　_____

4. 雖然下雨，但想去旅行。
　　_____

혜정: 민철 씨, 어제 산에 가셨어요?
惠貞: 敏哲，你昨天有去山上嗎？

민철: 아니요, 못 갔어요.
敏哲: 不，沒去。

혜정: 왜요?
惠貞: 為什麼？

민철: 어제 가고 싶었지만 비가 와서 못 갔어요.
敏哲: 昨天本來想去，但因為下雨沒辦法去。

　　　혜정 씨는 어제 뭘 하셨어요?
　　　惠貞，那妳昨天做了什麼？

혜정: 친구가 백화점에 가고 싶어 해서 같이 갔어요.
惠貞: 朋友想去百貨公司，所以就陪她一起去了。

小提示

1. 「못 갔어요.」表示不是自己不願意去，而是因某些原因以致於沒辦法去。

2. 對話中談論的是昨天的事，所以要用過去式「V ⑩ 고 싶었지만 ~」。

3. 惠貞的朋友是第 3 人稱，所以用「V ⑩ 고 싶어 하다」來代入喔。

4. 「~ 서」前面只能放「⊗서」，所以不會有過去式時態出現喔。

아래의 중국어를 한국어로 번역해 보세요.
請把下列的單字代入會話中。

1. ① 친구를 만나다   見朋友
    ② 못 만나다   沒能見面
    ③ 만나고 싶다   想見面
    ④ 아프다   痛 / 不舒服
    ⑤ 못 만나다   沒能見面
    ⑥ 영화를 보다   看電影

2. ① 영화를 보다   看電影
    ② 못 보다   沒能看
    ③ 보고 싶다   想看
    ④ 바쁘다   忙
    ⑤ 못 보다   沒能看
    ⑥ 치킨을 먹다   吃炸雞

□ **문장 연습 2** │短句練習 2（填空題）│

단어를 맞게 써넣으세요.
請填入正確的單字並完成句子。

> **보기 / 範例**
>
> 🔹 닭발을 먹고 싶지만 매워서 못 먹어요. (먹다 / 맵다)
>
> 想吃雞腳，但太辣了沒辦法吃。
>
> 🔹 저는 한국에 가고 싶지만 친구는 일본에 가고 싶어 해요. (가다 / 가다)
>
> 我想去韓國，但朋友想去日本。

① 콘서트를 _____고 싶지만 티켓이 _____서 못 봐요. (보다 / 없다)

    想去看演唱會，但因為沒票沒辦法去看。

② 친구는 어제 김치찌개를 _____지만 _____서 못 먹었어요.
    (먹다 / 맵다)

    朋友昨天想吃泡菜鍋，但因為太辣沒辦法吃。

□ **번역 연습 2** | 翻譯練習 2 |

아래의 중국어를 한국어로 번역해 보세요.

請把下列中文翻譯成韓文。

1. 秀智妳朋友想去哪裡？（請使用第 3 人稱）

   _____

2. 因為很忙所以沒辦法看電影。

   _____

3. 我想看電影，但朋友想看連續劇。

   _____

4. 昨天因為太疲倦了，所以沒能運動。

   _____

문법 1 | 文法 1 |

~지만 ~

⊙轉折；雖然～但是～

⊙對等比較；對等敘述「N₁ 은 / 는 ~ 지만 N₂ 은 / 는 ~」。

　這個文法要注意時態喔。

A/V ㊐ 지만 ~　　　　　　A/V ㊊ 지만 ~

N(이) 지만 ~　　　　　　N 였 / 이었지만 ~

● 오늘은 비가 오지만 안 추워요 .　　今天（雖然）下雨，但是不冷。

※中文也會常省略「雖然」。

● 오늘은 비가 오지만 어제는 안 왔어요 .　今天下雨，但是昨天沒下雨。

● 어제는 비가 안 왔지만 오늘은 와요 .　　昨天沒下雨，但是今天下雨。

※「지만」要看時態，若是過去事件，就要用過去式原形來代入喔。

● 저는 학교에 가지만 친구는 커피숍에 갑니다 .　　我去學校，朋友去咖啡廳。

※當然我們有時也會想表達對等狀態中的「但是」，不過中文的日常生活的一般對等敘
　述也未必會加上「但是」。

● 어제 저는 학교에 갔지만 친구는 커피숍에 갔어요 .

　昨天我去學校，朋友去咖啡廳了。

※一樣要注意時態的表現喔。

● 그 식당은 맛있지만 조금 비싸요 .　　那間餐廳好吃，但是有點貴。

● 여행은 재미있었지만 피곤해요 .　　旅行很好玩，但很疲倦。

※已從旅行回來，所以「好玩」用過去式「재미있었다」，但由於還在疲倦中，所以
　「피곤하다」用現在式，當然如果剛去旅行回來時很疲倦，而現在已經休息後不疲倦
　了，那「피곤하다」就要用過去式「피곤했어요」。

- 수지 씨는 학생이지만 민수 씨는 회사원이에요.

  秀智是學生，（但）敏洙是上班族。

- 우진 씨가 유미 씨 남자 친구였지만 헤어졌어요.

  宇鎮原本是由美的男朋友，但分手了。

※「남자 친구」男朋友用過去式，表示現在已經不是男友了，所以可以說成「原本是～」、「本來是～」，當然這句也可以翻成「以前是～」。

延伸補充：轉折時可將「～지만～」放在句中，另外也可以用「그렇지만 (그치만)/ 하지만 / 그러나 / 그런데 (근데)」放在句子最前面來表達，「그런데 (근데)」也可用於單純轉換話題。

- 가 : 비빔밥 주세요.　　　　　　　　　　請給我拌飯。

  나 : 그런데 한국말을 잘하시네요.　　　　不過，你韓文很棒耶！

※「그런데」在口語上也很常用「근데」。

- 오늘은 비가 와요. 그렇지만 안 추워요.　　今天下雨，但不冷。

- 어제는 비가 안 왔어요. 하지만 오늘은 와요.　昨天沒下雨，但是今天下雨。

- 오늘은 비가 와요. 그런데 어제는 비가 안 왔어요.

  今天下雨，但是昨天沒下雨。

문법 2 | 文法 2 |

「想」的表現方式

V ⓪ 고 싶다   想 V（用於 1、2 人稱，這裡的「싶다」是形容詞）

V ⓪ 고 싶어 하다   想 V（用於 3 人稱或含 1 人稱在內的多人為主語時）

代入下列句型練習看看吧！（V 原形要去「다」後來代入）

1. 代入格式體

V 고 싶습니다 .   想 V。

V 고 싶습니까 ?   想 V ?

* 가 : 미혜 씨는 어디에 가고 싶습니까 ?   美惠，妳想去哪裡？

  나 : 저는 한국에 가고 싶습니다 .   我想去韓國。

* 우리는 다음 달에 일본에 가고 싶어 해요 .   我們下個月想去日本。

* 가 : 희철 씨 , 뭘 먹고 싶습니까 ?   希哲，你想吃什麼？

  나 : 된장찌개를 먹고 싶어요 .   我想吃大醬湯。

* 가 : 민수 씨는 어디에 가고 싶어 합니까 ?   敏洙（他）想去哪裡？

  나 : 민수 씨는 서울에 가고 싶어 합니다 .   敏洙（他）想去首爾。

2. 代入非格式體

> V ⑳ 고 싶어요 .　　　　　　　　想 V。
>
> V ⑳ 고 싶어요 ?　　　　　　　　想 V ?

- 가 : 수진 씨는 뭘 배우고 싶어요 ?　　　　秀珍，妳想學什麼？

  나 : 저는 한국어를 배우고 싶어요 .　　　　我想學韓文。

- 저는 내일 친구를 만나고 싶어요 .　　　　我明天想見朋友

- 가 : 미정 씨는 무슨 노래를 듣고 싶어 해요 ?　　美貞（她）想聽什麼歌？

  나 : 미정 씨는 한국 노래를 듣고 싶어 해요 .　　美貞（她）想聽韓國歌。

- 은우 씨 , 보고 싶어요 .

  恩宇，我好想你。（「보고 싶다」也有想念的意思喔）

3. 代入敬語法

> V ⑳ 고 싶으십니다 .　　　　V ⑳ 고 싶으세요 .
>
> V ⑳ 고 싶으십니까 ?　　　　V ⑳ 고 싶으세요 ?

- 가 : 민수 씨는 주말에 뭘 하고 싶으십니까 ?　　敏洙，你週末想做什麼？

  나 : 저는 집에서 쉬고 싶습니다 .　　　　我想在家休息。

- 가 : 은영 씨는 뭘 드시고 싶으세요 ? (먹다 → 드시다)　　恩英妳想吃什麼？

  나 : 저는 닭갈비를 먹고 싶어요 .　　　　我想吃辣炒雞排。

- 가 : 할머니는 뭘 사고 싶어 하십니까 ?　　奶奶想買什麼？

  나 : 할머니는 스카프를 사고 싶어 하세요 .　　奶奶想買絲巾。

4. 代入否定句

안 V ⓪고 싶다.　　　　　不想 V。（用於 1、2 人稱）

V ⓪고 싶지 않다.　　　（較常用）

안 V ⓪고 싶어 하다.　　不想 V。（用於 3 人稱或含 1 人稱在內的多人為主語時）

V ⓪고 싶어 하지 않다.　（較常用）

- 병원에 안 가고 싶습니다.　　　　　　　　　不想去醫院。

- 병원에 가고 싶지 않습니다.

- 저는 운동을 안 하고 싶어요.　　　　　　　　我不想運動。

- 저는 운동을 하고 싶지 않아요.

- 할머니는 산에 안 가고 싶어 하세요.　　　　奶奶不想去山上。

- 할머니는 산에 가고 싶어 하지 않으십니다.

5.「싶다~」若用過去式，則表示原本、本來想 V。

（1）肯定句原形：

V 고 싶었다　　　　（用於 1、2 人稱）

V 고 싶어 했다　　　（用於 3 人稱或含 1 人稱在內的多人為主語時）

V 고 싶으셨다　　　（用於 2 人稱代敬語法）

V 고 싶어 하셨다　　（用於 3 人稱代敬語法）

- 저는 점심에 햄버거를 먹고 싶었어요.　　　　我中餐本來想吃漢堡。

  （表示已過了中餐時間事後敘述的，而且沒吃到想吃的漢堡。）

- 가 : 어제 어디에 가고 싶으셨어요?　　　　　昨天本來想去哪？

  나 : 친구 집에 가고 싶었어요.　　　　　　　本來想去朋友家。

（2）否定句（過去式原形）：

안 V ⓐ고 싶었다　　　　（用於 1、2 人稱）

안 V ⓐ고 싶어 했다　　　（用於 3 人稱或含 1 人稱在內的多人為主語時）

V ⓐ고 싶지 않았다　　　（用於 1、2 人稱）

V ⓐ고 싶어 하지 않았다　（用於 3 人稱或含 1 人稱在內的多人為主語時）

안 V ⓐ고 싶으셨다　　　（用於 2 人稱代敬語法）

V ⓐ고 싶지 않으셨다　　（用於 2 人稱代敬語法）

안 V ⓐ고 싶어 하셨다　　（用於 3 人稱代敬語法）

V ⓐ고 싶어 하지 않으셨다　（用於 3 人稱代敬語法）

- 가 : 이 선생님은 산에 가고 싶어 하지 않으셨어요 .　李老師本來不想去山上。

  나 : 그럼 어디에 가고 싶어 하셨어요 ?　　　　　那（李老師）本來想去哪裡？

  가 : 바다에 가고 싶어 하셨어요 .　　　　　　　本來想去海邊。

- 우리는 어제 회사에 가고 싶어 하지 않았어요 .　我們昨天本來不想去公司。

6. 也可與表示轉折的「～지만」連用，表示「想 V 但是～」的意思。

- 여행을 가고 싶지만 시간이 없어요 .　　　想去旅行但沒有時間。

- 여행을 가고 싶었지만 시간이 없었어요 .　原本想去旅行但沒有時間。

- 진이 씨는 산에 가고 싶어 했지만 비가 와서 안 갔어요 .
  珍怡本來想去山上但因下雨就沒去了。

7. 也可與「겠」連用，表示推測。

- 영미 씨도 한국에 가고 싶어 하겠어요 .　　英美應該也想去韓國（吧）。

- 민지 씨가 그 옷을 사고 싶어 하겠어요 .　　敏芝應該很想買那件衣服（吧）。

문법 3 │ 文法 3 │

못 V

1. 不會 V（表示能力）

- 저는 수영을 못합니다 .   我不會游泳。

- 저는 술을 못 마십니다 .   我不會喝酒

※表示能力，不會V「못하다」不空格喔。

2. 沒辦法 V/ 不能 V（表示可行性）

- 주말에 비가 와서 산에 못 갔어요 .   週末因為下雨，所以沒辦法去山上（了）。

※如果此句用「안 갔어요」則只是敘述「沒去」，但用「못 갔어요」表示沒辦法去。

- 가 : 내일 저녁에 우리 집에서 파티해요 .   明天晚上在我家開派對。

  우리 집에 오세요 .   請來我家。

- 나 : 미안해요 . 일이 있어서 못 가요   不好意思，因有事所以沒辦法去。

※若用「안 가요」就變成「我不去」了，也可以和「~고 싶지만」連用。

→ 미안해요 . 저도 가고 싶지만 일이 있어서 못 가요 .

  不好意思。我也想去，但因有事所以沒辦法去。

3. 「N 을 / 를 하다」與「못」結合時 → N 을 / 를 못하다（表示能力）
  → N 을 / 를 못 하다（表示可行性）

- 저는 운전을 못해요 .   我不會開車。

- 술을 마셔서 지금 운전을 못 해요 . 因為喝了酒，所以現在不能開車。

單字代文法練習

A/V ⑩지만 ~   A/V ⑳지만 ~

N(이) 지만 ~   N 였 / 이었지만 ~

1. 動詞 V

單字	V ⑩지만 ~	V ⑳지만 ~
가다　　去	가지만	갔지만
먹다　　吃	먹지만	먹었지만
만들다ㄹ 做	만들지만	만들었지만
듣다ㄷ　聽	듣지만	들었지만
돕다ㅂ　幫助	돕지만	도왔지만

2. 形容詞 A

單字	A ⑩지만 ~	A ⑳지만 ~
크다ㅡ　大	크지만	컸지만
작다　　小	작지만	작았지만
덥다ㅂ　熱	덥지만	더웠지만
길다ㄹ　長	길지만	길었지만
맛있다　好吃	맛있지만	맛있었지만
낫다ㅅ　比較好	낫지만	나았지만
빨갛다ㅎ 紅	빨갛지만	빨갰지만

3. 名詞 N

單字	N (이) 지만 ~	N 였 / 이었지만 ~
학생 學生	학생이지만	학생이었지만
가수 歌手	가수지만	가수였지만

헤어지다	**V** 分手	수영하다 / 수영을 하다	**V** 游泳
이미	**ADV** 已經	파티	**N** 派對（party）
그렇지만	**ADV** 但是；可是；不過	비	**N** 雨
그러나	**ADV** 但是；可是；不過	돈	**N** 錢
스카프	**N** 絲巾	죄송하다	**A** 抱歉；對不起；不好意思
목도리	**N** 圍巾	미안하다	**A** 抱歉；對不起；不好意思
장갑	**N** 手套	술	**N** 酒
바지	**N** 褲子	햄버거	**N** 漢堡
치마 / 스커트	**N** 裙子	바다	**N** 海；海邊
패딩	**N** 羽絨或舖棉等外套	바닷가	**N** 海邊
코트	**N** 大衣	김치찌개	**N** 泡菜鍋
셔츠	**N** 襯衫	간장게장	**N** 醬蟹（醬油口味）
티셔츠	**N** T 恤	게	**N** 螃蟹
정장	**N** 西裝；套裝	게장	**N** 醬蟹
수영	**N** 游泳	간장	**N** 醬油；肝臟

第 8 課

고추장	**N** 辣椒醬
고추	**N** 辣椒
고추장 게장	**N** 醬蟹（辣椒醬口味）
초콜릿	**N** 巧克力
멋있다	**A** 帥
여행	**A** 旅行
여행을 가다	**V** 去旅行
닭발	**N** 雞腳
티켓 / 표	**N** 票
콘서트	**N** 演唱會（concert）
재미없다	**A** 無趣；不好玩

學個流行語吧！

- 노잼　　　　　　　　　　　無趣、不好玩

　　韓文中不好玩、無趣是「재미없다」，「재미」意思是「趣味」，比較口語，而且在半語時很常被縮寫為「잼」，而「노」是英文「NO」的意思，「노잼」就變成了無趣、不好玩。這個詞常用於網路上的或朋友之間的短訊聊天也會使用聊天文字。

노트장 (자기의 필기를 써 보세요)
| 我的筆記（寫寫看自己的筆記）|

다음 달에 한국에 갈 거예요 .

我下個月要去韓國。

★重點文法

A/V 原 ㄹ / 을 / 울 거예요 ./?	（打算）要 V。/（打算）要 V 嗎？
	可能（應該）會 A/V。
N 일 거예요 .	可能（應該）是 N。
A/V 過 을 거예요 .	可能（應該）A/V 了。
N 였 / 이었을 거예요 .	可能（應該）是 N。
A/V 原 겠다	要 V 嗎 / 可能（應該）會 V/
	我來 V（做這個動作）
	可能（應該）會 A
N(이) 겠다	可能（應該）是 N
A/V 過 겠다	可能（應該）A/V 了
N 였 / 이었겠다	可能（應該）是 N
V 原 ㄹ / 을 / 울게요	我要 V/ 我來 V（做這個動作）

미진 : 우진 씨는 방학에 뭘 하실 거예요 ?
美珍 : 宇鎮，你放假要做什麼？

우진 : 저는 <u>다음 달에 한국에 갈 거예요</u> .
宇鎮 : 我下個月要去韓國。

미진 : 누구하고 가실 거예요 ?
美珍 : 你要和誰（一起）去？

우진 : <u>동생하고 같이 가겠어요</u> .
宇鎮 : 我要和弟弟一起去。

미진 씨는 뭘 하시겠어요 ?
美珍，你要做什麼？

미진 : 저는 <u>아르바이트를 하겠어요</u> .
美珍 : 我要打工。

小提示

1. 會話中疑問句皆有使用敬語法。敬語法很重要，要常練習喔！
2. 會話中「~ 거예요 ./~ 겠어요 .」皆可替換使用。

第 9 課

□ **대치 연습 1** | 替換練習 1 |

아래 단어를 회화에 넣어 이야기해 보세요.
請把下列的單字代入會話中。

1. ① 주말　　　　週末
　 ② 토요일　　　星期六
　 ③ 등산하다　　爬山
　 ④ 가족　　　　家人
　 ⑤ 등산하다　　爬山
　 ⑥ 집에서 쉬다　在家休息

2. ① 월요일　　　　　星期一
　 ② 월요일　　　　　星期一
　 ③ 한국어를 배우다　學韓文
　 ④ 친구　　　　　　朋友
　 ⑤ 배우다　　　　　學
　 ⑥ 영화를 보다　　　看電影

□ **문장 연습 1** | 短句練習 1（填空題）|

단어를 맞게 써넣으세요.
請填入正確的單字並完成句子。

보기 / 範例

💬 가 : 내일 뭘 <u>하시겠습니까</u> ? (하시다)　　　（你）明天要做什麼？

💬 나 : <u>청소할 거예요</u> . (청소하다)　　　我要打掃。

① 가 : 백화점에서 뭘 _____ ? (사시다)　　　（你）要在百貨公司買什麼？

　 나 : 가방을 _____ . (사다)　　　（我）要買包包。

② 가 : 주말에 누구를 _____ ? (만나시다)　　（你）週末要見誰？

　 나 : 친구를 _____ . (만나다)　　　（我）要見朋友。

아래의 중국어를 한국어로 번역해 보세요 .

請把下列中文翻譯成韓文。

1. 我星期三要學韓文。

   _____

2. 你要去哪裡？（請代入敬語法「- 시 -」）

   _____

3. 明天可能會冷。

   _____

4. 這個可能會比較好。

   _____

수지 : 영수 씨 , 뭘 드시겠어요 ?
秀智 : 英洙，你要吃什麼？

영수 : 부대찌개를 먹겠어요 .
英洙 : 我要吃部隊鍋。

수지 : 그런데 부대찌개는 좀 매울 거예요 .
秀智 : 不過部隊鍋可能會有點辣。

영수 : 그래요 ? 그럼 비빔밥을 먹을게요 .
英洙 : 是嗎？那我要吃拌飯。

　　　 수지 씨는요 ?
　　　 秀智妳呢？

수지 : 저는 불고기를 먹겠어요 .
秀智 : 我要吃烤肉。

小提示

1. 「드시다」是「먹다」和「마시다」的尊敬單字。

2. 會話背景為 2 人一起去餐廳用餐，是彼此有關聯的回應，通常使用「~ ⑩ 겠 ~/~ ⑩ ㄹ / 을 / 을게요 .」。

아래의 중국어를 한국어로 번역해 보세요 .
請把下列的單字代入會話中。

1. ① 읽으시다　　　看　　　⑥ 그 책을 읽다　　　看那本書

　　② 이 책　　　　這本書　　⑦ 역사책을 읽다　　看歷史書

　　③ 읽다　　　　　看

　　④ 이 책　　　　這本書

　　⑤ 어렵다　　　　難

2. ① 시키시다　　　　點（餐點）

　　② 초콜릿 케이크　　巧克力蛋糕

　　③ 먹다　　　　　吃

　　④ 초콜릿 케이크　　巧克力蛋糕

　　⑤ 달다　　　　　甜

　　⑥ 치즈 케이크를 먹다　吃起司蛋糕

　　⑦ 딸기 케이크를 먹다　吃草莓蛋糕

□ **문장 연습 2** │ 短句練習 2（填空題）│

단어를 맞게 써넣으세요 .
請填入正確的單字並完成句子。

보기 / 範例

💬 가 : 누가 이 일을 <u>하시겠어요</u> ? (하시다)　　誰要做這件事？

💬 나 : 제가 <u>하겠습니다</u> . (하다)　　我來做。

　　　　<u>할게요</u> .

① 가 : 뭘 _____ ? (마시다 → 드시다)   你要喝什麼？

　 나 : 커피를 _____ . (마시다)   我要喝咖啡。

② 가 : 언제 _____ ? (가시다)   你要什麼時候去？

　 나 : 내일 _____ . (가다)   我要明天去。

□ **번역 연습 2** │ 翻譯練習 2 │

아래의 중국어를 한국어로 번역해 보세요 .
請把下列中文翻譯成韓文。

1. 學生們應該很辛苦吧！

_____

2. 韓國現在應該很冷。

_____

3. 這部電影應該很好看。

_____

4. 가 : 明天誰要去？

　 나 : 我去。

　 가 :

_____

　 나 :

_____

문법 1 │文法 1 │

「意向 / 計劃 / 打算 / 推測」的表現方式

~ ⑩ ㄹ / 을 / 울 것이다 .　　　（原形，寫作時使用）

　　　　　것입니다 .　　　（格式體）

　　　　　겁니다 .　　　（格式體，但較不正式）

　　　　　거예요 .　　　（非格式體）

意向 / 計劃 / 打算 / 推測（推測時只有敘述句）

A/V ⑩ ㄹ / 을 / 울 거예요 .　　　A/V ⑩ 을 거예요 .

N 일 거예요 .　　　N 였 / 이었을 거예요 .

1. 用於 V 動詞時

（1）V ⑩ ㄹ / 을 / 울 거예요 . 我（們）要 V。

- 다음 달에 여행 (을) 갈 거예요 .　　　（我）下個月要去旅行。

（2）V ⑩ ㄹ / 을 / 울 거예요 ? 你（們）要 V ?
　　　V ⑩ (으) 실 거예요 ? （代入敬語法）

- 어디에 갈 거예요 ? / 가실 거예요 ?　　　（你）要去哪裡？

（3）V ⑩ ㄹ / 을 / 울 거예요 ? 他（們）要 V ?
　　　V ⑩ (으) 실 거예요 ? （代入敬語法）

- 가 : 미진 씨도 가실 거예요 ?　　　美珍也要去嗎？

　　나 : 네 , 미진 씨도 가실 거예요 .　　　是，美珍也要去。

（4）推測 : V ⑩ ㄹ / 을 / 울 거예요 . 應該會、可能會 V。

- 내일 (은) 비가 올 거예요 .　　　明天可能會下雨。

（5）推測：V 過 을 거예요 . 應該（可能）V 了。

V 原 (으) 셨을 거예요 . （代入敬語法）

- 미진 씨는 한국에 도착했을 거예요 .　　　　　美珍應該已經到韓國了。

도착하셨을 거예요 .

2. 用於 A 形容詞時，都是推測

（1）A 原 ㄹ / 을 / 울 거예요 . 應該（可能）會 A。

- 시험이 어려울 거예요 .　　　　　考試應該會很難。

（2）A 過 을 거예요 . 應該（可能）A 了。

- 어제 시험이 어려웠을 거예요 .

昨天的考試應該很難。（該場考試已舉辦完畢，話者沒有參加。）

3. 用於 N 時，都是推測

（1）N 일 거예요 . 應該（可能）是 N。

- 그 사람은 가수일 거예요 .　　　　那個人可能是歌手。

- 그 사람은 학생일 거예요 .　　　　那個人可能是學生。

※N無論有無終聲音皆用「~일 거예요」。

（2）N 였 / 이었을 거예요 . 應該是 N。

- 어제 그 사람은 가수였을 거예요 .　昨天那個人應該是歌手。

- 어제 그 사람은 학생이었을 거예요 . 昨天那個人應該是學生。

※對過去事件的推測。

| N 有終聲音＋이었을 거예요 |
| N 無終聲音＋였을 거예요 |

문법 2 | 文法 2 |

「～겠다」意向 / 計劃 / 打算 / 推測 / 感覺上的附和 / 小保證

> A/V ㉾ 겠다 　　　　　　　 A/V ㉾ 겠다
>
> N(이) 겠다 　　　　　　　 N 였 / 이었겠다

1. V ㉾겠습니까 ? ／ V ㉾겠어요 ? 要 V 嗎 ?

用於詢問對方的意向，若代入敬語法「V ㉾ (으) 시다」會更禮貌，如「V ㉾ (으)
시겠습니까 ? ／ V ㉾ (으) 시겠어요 ?」（請問您要 V 嗎 ?）。

- 뭘 드시겠습니까 ? 　　　　　　 請問您要吃（喝）什麼 ?

- 저 좀 도와주시겠어요 ? 　　　　 請問可以幫幫我嗎 ?

2. V ㉾겠습니다 . ／ V ㉾겠어요 . 我要 V/ 我（來）V

用於話者表達自己將要做的動作（事情），意向或意志。

- 저는 커피를 마시겠습니다 . 　　　　 我要喝咖啡。

- 이번에는 시험에 꼭 합격하겠어요 . 　 這次我一定要考上（通過考試）。

- 가 : 케이크는 누가 준비하겠습니까 ? 　誰要準備蛋糕呢 ?

　 나 : 제가 준비하겠습니다 . 　　　　 我（來）準備。

- 가 : 손님 , 어느 것으로 하시겠습니까 ? 客人 , 請問您要哪一個 ?

　 나 : 이것으로 하겠어요 . 　　　　　 我要這個。

　　　 ＊이것으로 = 이걸로

3. 對於對方的狀況或聽對方所說的話之後，較委婉的提出自己的想法或建議。

- 가 : 어느 것이 더 좋아요 ?　　　　哪個更好呢？

- 나 : <u>이것이</u> 더 좋겠어요 .　　　　這個好像比較好。

  ＊이것이=이게

  ＊것이=게

4. 表示推測，也很常與感歎語尾「～네요 .」一起連用。

A/V 原겠습니다	可能（應該）會 A/V
原겠어요	可能（應該）會 A/V
原겠네요	可能（應該）會 A/V 耶
A/V 過겠습니다	可能（應該）A/V 了
過겠어요	可能（應該）A/V 了
過겠네요	可能（應該）A/V 了耶
N(이) 겠습니다	可能（應該）是 N
겠어요	可能（應該）是 N
겠네요	可能（應該）是 N 耶
N 였 / 이었겠습니다	可能（應該）是 N
였 / 이었겠어요	可能（應該）是 N
였 / 이었겠네요	可能（應該）是 N 耶

- 내일은 비가 오겠습니다 .　　　　明天會下雨（氣象預報）。

※該文法用於推測時，只會有敘述句。

- 치마를 입어서 춥겠어요 .　　　　妳穿裙子，應該很冷吧！

- 가 : 우리 애는 맨날 공부해요 .　　　　我家孩子每天都唸書。

- 나 : 모범생이겠네요 .　　　　那應該是模範生喔。

- 가 : 어제 강다니엘 씨 콘서트였어요 .　　　昨天是姜丹尼爾的演唱會。

　　나 : 팬들이 많이 갔겠네요 .　　　　　　　應該有很多粉絲去喔。

- 가 : 지난주에 맨날 야근했어요 .　　　　　　上個星期每天都加班。

　　나 : 피곤했겠어요 .　　　　　　　　　　　那應該很疲倦吧。

　　　　 피곤하셨겠어요 .　　　　　　　　　（或代入敬語法）

- 은정 씨는 참 똑똑하네요 .　　　　　　　　恩婷妳好聰明耶。

　　학창 시절에 모범생이었겠네요 .　　　　　學生時期應該是模範生吧！

5. ~ⓧ (서) 죽겠어요 . （因為～）快～死了。

對某個狀況到達無法忍受的表現。

- 배고파 죽겠어요 .　　　　　　　　　　　（快）餓死了。

- 힘들어 죽겠어요 .　　　　　　　　　　　（快）累死了

- 더워 죽겠어요 .　　　　　　　　　　　　（快）熱死了

6. 慣用句

- 처음 뵙겠습니다 .　　　　　　　　　　　初次見面。

- 내일 뵙겠습니다 .　　　　　　　　　　　明天見。

- 실례지만 길 좀 묻겠습니다 .　　　　　　不好意思，我想問個路。

- 잘 먹겠습니다 .　　　　　　　　　　　　我會好好享用。

- 다녀오겠습니다 .　　　　　　　　　　　我要出門了。

- (잘) 알겠습니다 .　　　　　　　　　　好的，我瞭解了。

- (잘) 모르겠습니다 .　　　　　　　　　我不清楚。

문법 3 | 文法 3 |

表示行動意志

V ㊊ㄹ / 을 / 울게요　　我要 V/ 我（來）V

只用於 1 人稱敘述句，表示意向時用「我要 V」，或回答對方「我（們）來做這個動作」，所以在說這句話時，該動作也還沒有做喔。可與「V ㊊겠습니다 ./V ㊊겠어요 .」替換使用，「V ㊊겠～」的句型較正式，也有給人小保證的感覺喔。

- 가 : 뭘 드시겠어요 ?　　請問您要吃什麼？

  나 : 저는 삼계탕을 먹을게요 .　　我要吃蔘雞湯。

  可替換＝저는 삼계탕을 먹겠어요 . (먹겠습니다 .)

- 가 : 이거 드셔 보세요 .　　這個請你吃吃看。

  나 : 감사합니다 . 잘 먹을게요 .　　謝謝。我會好好享用。

  可替換＝잘 먹겠어요 .

  或＝잘 먹겠습니다 .

※雖然中文不太會說「잘 먹을게요.」，但在韓國很常使用喔！學起來有機會在韓國說說看吧！

- 그럼 먼저 갈게요 .　　那我先走了

  ＝가겠습니다 .

※要跟對方說「那我先走了」也是用這個文法喔！

看韓劇時，是否常聽到「갈게」（我走了）呢？這是半語喔！

- 그럼 먼저 갈게요 .

  가겠습니다 .

我們現在更喜歡用：

- 그럼 먼저 가 볼게요 .

  = 가 보겠습니다 .

• 가 : 왜 늦었어요?　　　　　　　　　　你怎麼遲到了？

나 : 죄송합니다. 다음부터는 안 늦겠습니다.　抱歉，下次不會再遲到了。

　　　= 늦을게요.

1. 文法比較

	~ 原 / 過 겠 ~	~ 原 ㄹ / 을 / 울게요.	~ 原 / 過 ㄹ / 을 / 울 거예요.
可使用詞性（品詞）	A/V/N	V	A/V/N
人稱	1、2、3人稱	1人稱	1、2、3人稱
意向	可	可（但只能用於答句）	可
推測	可	×	可
句型	疑問句 / 敘述句	敘述句	疑問句 / 敘述句
感覺上的附和	可	×	×
小保證	可	可	×

2. 延伸補充及練習：

情境 1：一起去吃東西，問對方的意願、想法時。

• 가 : 뭘 드시겠어요?　　　　　要吃什麼？

　　　= 뭘 드실 거예요?

※二句皆可用，較常用「~原겠~」。

• 나 : 저는 삼계탕을 먹겠어요.　　我要吃參雞湯。

　　　　= 먹을게요.

　　　　= 먹을 거예요.

※三句皆可用，較常用「~原겠~/~原ㄹ/을/울게요.」。

情境 2：只是問問對方「想要做什麼？」，雖然跟自己無關，也不見得會參與時。

- 가 : 주말에 뭘 <u>하실 거예요</u>?　　　　週末要做什麼？

　　　＝하시겠어요?

※二句皆可用，較常用「~原 ㄹ/을/울 거예요?」。

- 나 : 영화를 <u>볼 거예요</u>.　　　　　我要看電影。

　　　＝보겠어요.

　　　＝봐요.

※三句皆可用，較常用「~原 ㄹ/을/울 거예요.」，但不使用「~原 ㄹ/을/울게요.」。

情境 3：問誰要做某件事情或某個動作，有人回答「我來做～」時。

- 가 : 내일 누가 케이크를 사겠어요? 明天誰要去買蛋糕？

　나 : 제가 <u>사겠어요</u>.　　　　　　我去買。（回應問的人，表示我去做那件事）

　　　＝살게요.

※二句皆可用，但不使用「~原 ㄹ/을/울 거예요.」除非是在「가」詢問之前，就已討論或決定好的事項。

情境 4：回應對方有「小保證」的感覺。

- 가 : 왜 또 늦었어요?　　　　　　　　　你怎麼又遲到了？

　나 : 죄송합니다. 다음부터는 안 늦겠습니다.　抱歉，下次不會再遲到了。

　　　＝늦을게요.

※ 二句皆可用，但不使用「~ 原 ㄹ / 을 / 울 거예요.」。

　　但對此下定決心後，事後自己再回想或向他人表達時（非上面對話的回應）可使用「다음부터는 안 늦을 거예요.」。

情境 5：感覺上的附和，只用「~(原)겠~」。

- 가 : 요즘 매일 야근해요 .　　　　　　　最近每天都加班。

  나 : 피곤하겠어요 .　　　　　　　　　　那你應該很累（疲倦）吧！

※不使用「~(原)ㄹ/을/울 거예요」，「~(原)ㄹ/을/울게요.」更不行，因為它只能用在V第1人稱的意向。

單字代文法練習

1. ～ ㄹ / 을 / 울 거예요 .

單字		V 原 ㄹ / 을 / 울 거예요 .	V 過 을 거예요 .
가다	去	갈 거예요 .	갔을 거예요 .
먹다	吃	먹을 거예요 .	먹었을 거예요 .
만들다 ㄹ	做	만들 거예요 .	만들었을 거예요 .
듣다 ㄷ	聽	들을 거예요 .	들었을 거예요 .
돕다 ㅂ	幫助	도울 거예요 .	도왔을 거예요 .
크다 ㅡ	大	클 거예요 .	컸을 거예요 .
작다	小	작을 거예요 .	작았을 거예요 .
재미있다	有趣	재미있을 거예요 .	재미있었을 거예요 .
길다 ㄹ	長	길 거예요 .	길었을 거예요 .
덥다 ㅂ	熱	더울 거예요 .	더웠을 거예요 .
낫다 ㅅ	比較好	나을 거예요 .	나았을 거예요 .
빨갛다 ㅎ	紅	빨갈 거예요 .	빨갰을 거예요 .
가수	歌手	가수일 거예요 .	가수였을 거예요 .
학생	學生	학생일 거예요 .	학생이었을 거예요 .

2. ～ 原 ㄹ / 을 / 울게요 .

單字		V 原 ㄹ / 을 / 울게요 .
가다	去	갈게요 .
먹다	吃	먹을게요 .
만들다 ㄹ	做	만들게요 .
듣다 ㄷ	聽	들을게요 .
돕다 ㅂ	幫助	도울게요 .

3. ~ 겠어요.

單字		V (原)겠어요.	V (過)겠어요.
가다	去	가겠어요.	갔겠어요.
먹다	吃	먹겠어요.	먹었겠어요.
만들다ㄹ	做	만들겠어요.	만들었겠어요.
듣다ㄷ	聽	듣겠어요.	들었겠어요.
돕다ㅂ	幫助	돕겠어요.	도왔겠어요.
크다ㅡ	大	크겠어요.	컸겠어요.
작다	小	작겠어요.	작았겠어요.
재미있다	有趣	재미있겠어요.	재미있었겠어요.
길다ㄹ	長	길겠어요.	길었겠어요.
덥다ㅂ	熱	덥겠어요.	더웠겠어요.
낫다ㅅ	比較好	낫겠어요.	나았겠어요.
빨갛다ㅎ	紅	빨갛겠어요.	빨갰겠어요.
가수	歌手	가수겠어요.	가수였겠어요.
학생	學生	학생이겠어요.	학생이었겠어요.

합격하다	**V** 合格；考上	N 들	(依存**N**) N 們（2 個以上的事物）
시험	**N** 考試	많이	**ADV**
준비하다	**V** 準備	많이 + V	**V** 很多
N(으)로 하다	**V** 表示選擇	많이 + A	很 **A**
어느 N	**N** 哪（個）N	야근하다	**V** 加班（逾下班時間仍須工作）
어느 것	**N** 哪一個	피곤하다	**A** 疲倦
더	**ADV**	학창 시절	**N** 學生時期
더 + V	再 **V**	똑똑하다	**A** 聰明
더 + A	更 **A**	죽다	**V** 死
아이 / 애	**N** 孩子	배고프다	**A** 肚子餓
맨날 / 날마다 / 매일	**N** 每天	힘들다	**A** 累；困難；煎熬
모범생	**N** 模範生	길	**N** 路
생일 파티	**N** 生日派對	방학	**N** 放假（學校的寒暑假）
강다니엘	**N** 姜丹尼爾（Daniel Gang；韓國歌手）	달	**N** 月；月亮
팬	**N** 粉絲（fan）	주	**N** 週

도착하다	**V** 到達
화요일	**N** 星期二
토요일	**N** 星期六
하고	（助詞）和
등산하다	**V** 爬山；登山
삼계탕	**N** 蔘雞湯
고맙다㉔	**A** 謝謝
먼저	（**ADV** / **N**）　先；先前（之前）
늦다	**V** 遲到；晚；來不及
부터	（助詞）開始
또	**ADV** 又
가족	**N** 家人；家族
조금 / 좀	**ADV** 有點 / 一點點 / 稍微
그러면 / 그럼	**ADV** 那麼
역사	**N** 歷史
시키다	**V** 點（餐點）
치즈	**N** 起司
이 N	**N** 這（個）N

누구 + 가 （主格助詞）	누가
저 + 가 （主格助詞）	제가

學個流行語吧！

● 노답 　　　　　　　　　　無解、沒法子了

「노」是英文的「NO」，「답」是漢字的「答」，表示「沒有答案／沒辦法／沒救了」，常出現在綜藝節目或生活面喔！

노트장 (자기의 필기를 써 보세요)
│ 我的筆記（寫寫看自己的筆記）│

第 1 課 解答 1과 해답

替換練習 1

1. 유미나 / 박정호예요 / 미나 씨 / 중국 사람 / 회사원 / 회사원

2. 마리아 / 윌슨이에요 / 마리아 씨 / 미국 사람 / 영어 선생님 / 영어 선생님

短句練習 1

① 는 / 입니까 ? (예요 ?) / 여기 / 입니다 . (이에요 .)

② 대만 사람 / 네 , (或 예) / 대만 사람

翻譯練習 1

1. 저는 학생이에요 . (입니다 .)

2. 여기는 한국이에요 . (입니다 .)

3. 미나 씨는 미국 사람이에요 ? (입니까 ?)

4. 윌슨 씨는 영어 선생님이에요 ? (입니까 ?)

替換練習 2

1. 이수미예요 / 박수호예요 / 수호 씨 / 선생님 / 선생님 / 학생 / 수미 씨 / 선생님 / 선생님 / 회사원

2. 송혜인이에요 / 이수철이에요 / 수철 씨 / 일본 사람 / 일본 사람 / 한국 사람 / 혜인 씨 / 일본 사람 / 일본 사람 / 대만 사람

短句練習 2

① 한국 사람이에요 ? (입니까 ?)

　네 , (或 예) / 한국 사람이에요 . (입니다 .)

② 어느 나라 사람이에요 ? (입니까 ?)

　대만 사람이에요 . (입니다 .)

翻譯練習 2

1. 수미 씨는 일본 사람이 아니에요 . (아닙니다 .)

2. 저도 일본 사람이 아니에요 . (아닙니다 .)

3. 정우 씨는 한국 사람이에요 ? (입니까 ?)

4. 이것은 지도가 아닙니다 . (아니에요 .)

第 2 課 解答 2과 해답

替換練習 1

1. 정민 / 회사 / 소영 / 커피숍 / 커피숍 / 친구를 만납니다 .

2. 희철 / 학교 / 수민 / 공원 / 공원 / 운동합니다 .

短句練習 1

① 어디에 / 갑니다 .

② 에서 / 합니까 ? / 공부합니다 .

翻譯練習 1

1. 저는 커피숍에 갑니다 .

2. 민수 씨는 무엇을 삽니까 ?

3. 수지 씨는 커피숍에서 친구를 만납니다 .

4. 친구는 회사에서 일합니다 .

替換練習 2

1. 집 / 집 / 식당 / 식당 / 영화관 / 영화관 / 영화를 봅니다 .

2. 학교 / 학교 / 도서관 / 도서관 / 우체국 / 우체국 / 소포를 부칩니다 .

短句練習 2

① 커피 / 커피를 안 마십니다 . (마시지 않습니다 .) / 주스를

② 도서관 / 책 / 읽습니까 ? / 도서관 / 책 / 안 읽습니다 . (읽지 않습니다 .) / 에서 / 를

翻譯練習 2

1. 저는 집에서 텔레비전을 봅니다 .

2. 수민 씨는 커피숍에서 커피를 마십니다 .

3. 저는 회사에 안 갑니다 . (가지 않습니다 .)

4. 저는 집에서 밥을 안 먹습니다 . (먹지 않습니다 .)

第 3 課 解答 3과 해답

替換練習 1

1. 미국은 / 춥습니다 . / 한국 / 춥습니까 ? / 한국 / 춥습니다 . / 설렁탕을
2. 일본은 / 쌀쌀합니다 . / 중국 / 쌀쌀합니까 ? / 중국 / 쌀쌀합니다 . / 샤부샤부를

短句練習 1

① 어떻습니까 / 답니다 （달다는 ㄹ不規則）
② 맵습니까 / 맵습니다 / 맛있습니다

翻譯練習 1

1. 귤이 아주 십니다 .
2. 집이 아주 큽니다 .
3. 대만은 아름답습니다 .
4. 수미 씨는 눈이 예쁩니다 .

替換練習 2

1. 귤이 / 귤은 / 시 / 십니다 / 사과는 / 사과는 / 시
2. 불고기가 / 불고기는 / 짜 / 짭니다 / 설렁탕은 / 설렁탕은 / 짜

短句練習 2

① 좋습니까 / 크 / 좋습니다
② 맵습니까 / 맵 / 맛있습니다

翻譯練習 2

1. 이 귤이 크고 답니다 .
2. 한국은 오늘 날씨가 덥지 않습니다 .
   한국은 오늘 날씨가 안 덥습니다 .
3. 김치가 맛있습니까 ?
4. 김치가 조금 맵습니다 . 하지만 맛있습니다 .

解答

第 4 課 解答 4과 해답

替換練習 1

1. 서점 / 이대 / 이대 / 누구를 / 만나십니까 ? / 친구를 만납니다 .

2. 헬스장 / 시장 / 시장 / 무엇을 (뭘) / 사십니까 ? / 옷을 삽니다 .

短句練習 1

① 먹습니다 . / 드십니다 . / 드세요 .

② 읽습니다 . / 읽으십니다 . / 읽으세요 .

翻譯練習 1

1. 어디에서 한국어를 배우십니까 ? (배우세요 ?)

　어디에서 = 어디서

2. 아버지께서 저에게 선물을 주십니다 . (주세요 .)

　아버지가 저에게 선물을 주십니다 . (주세요 .)

3. 할머니께서 방에 계십니까 ? (계세요 ?)

　할머니가 방에 계십니까 ? (계세요 ?)

4. 할아버지께서 편찮으십니다 . (편찮으세요 .)

　할아버지가 편찮으십니다 . (편찮으세요 .)

替換練習 2

1. 배우십니까 ? / 중국어를 배웁니다 . / 중국어 / 학원 / 중국어 / 소이 씨에게 물어보세요 . / 대만

2. 공부하십니까 ? / 영어를 공부합니다 . / 영어 / 인터넷 / 영어 / 마리 씨에게 물어보세요 / 미국

短句練習 2

① 배우십시오 . / 배우세요 .

② 가지 마십시오 . / 가지 마세요 .

翻譯練習 2

1. 케이크를 드십시오 . (드세요 .)

2. 텔레비전을 보지 마십시오 . (보지 마세요 .)

3. 공원에서 운동하십시오 . (운동하세요 .)

4. 이 책을 수지 씨에게 주십시오 . (주세요 .)

第 5 課 解答 5과 해답

替換練習 1

1. 한국 드라마가 / 재미있어요 . / 어려워요 ? / 드라마를 / 멜로드라마를 / 막장드라마를

2. 한국 케이크가 / 맛있어요 . / 달아요 ? / 케이크 / 초콜릿 케이크를 / 딸기 케이크를

短句練習 1

① 매워요 ? / 괜찮아요 .

② 더워요 ? / 쌀쌀해요 .

翻譯練習 1

1. 수미 씨는 오늘 학교에 가요 .

2. 이 드라마가 재미있어요 .

3. 저는 딸기 케이크를 좋아해요 . / 저는 딸기 케이크가 좋아요 .

4. 저는 공원에서 운동해요 .

替換練習 2

1. 명동 / 대학로 / 대학로 / 밥을 먹 / 연극을 봐요 . / 텔레비전을 보 / 쉬어요 .

2. 학교 / 홍대 / 홍대 / 신발을 사 / 커피를 마셔요 . / 운동하 / 친구를 만나요 .

短句練習 2

① 사세요 ? / 사요 .

② 만나세요 ? / 만나 / 공부해요 .

翻譯練習 2

1. 공부하고 영화를 봐요 .

2. 저는 옷을 사고 친구는 신발을 사요 .

3. 저는 밥을 먹고 학교에 가요 .

4. 오늘은 비가 안 오고 따뜻해요 . (오지 않고)

第 6 課 解答 6과 해답

替換練習 1

1. 서점이 / 편의점 / 도서관 / 서점은 / 도서관 / 건너편 / 지도가 / 세계 지도 / 한국 지도가 / 한국 지도를

2. 이불 가게가 / 백화점 / 남대문 시장 / 이불 가게는 / 남대문 시장 안 / 이불 / 겨울 이불 / 여름 이불이 / 여름 이불을

短句練習 1

① 책이 / 가방 / 가방 안

② 집 / 강아지가 / 강아지 / 없어요 .

翻譯練習 1

1. 편의점이 약국 옆에 있습니다 . (있어요 .)

2. 공원 옆은 도서관입니다 . (이에요 .)

3. 가방 안에 뭐가 있습니까 ? (있어요 ?)

4. 책과 사전이 책상 위에 있습니다 . (있어요 .)

    (책하고 / 책이랑也可)

替換練習 2

1. 인사동 / 사람이 / 많 / 여기 / 쌈지길 / 전통찻집 / 인사동 / 우체국 / 우체국은

2. 남산 / N 서울타워가 / 예쁘 / 거기 / 전망대 / 케이블카 / 여기 / 약국 / 약국은

短句練習 2

① 이 커피숍 / 커피 / 케이크 / 쿠키 / 쿠키는

② 우리 집 근처 / 백화점 / 학교 / 공원 / 공원도

翻譯練習 2

1. 이 가방이 참 예쁘네요 .

2. 한국어책하고 (과 / 이랑) 지도를 주세요 .

3. 학교에 한국 사람도 있어요 ? (있습니까 ?)

4. 불고기가 참 맛있네요 .

第 7 課 解答 7과 해답

替換練習 1

1. 강남에 갔어요 . / 가셨어요 ? / 여자 친구 / 갔어요 . / 즐거우셨어요 ? / 즐거웠어요 . / 청소했어요 .

2. 쇼핑했어요 . / 쇼핑하셨어요 ? / 친구 / 쇼핑했어요 . / 많이 사셨어요 ? / 많이 샀어요 . / 공부했어요 .

短句練習 1

① 만나셨습니까 ? / 만나셨어요 ? / 만났어요 .

② 가셨습니까 ? / 가셨어요 ? / 갔어요 .

翻譯練習 1

1. 저는 어제 친구를 <u>만났습니다</u> . (만났어요 .)

2. 할머니<u>는</u> 수요일에 한국에 <u>가셨습니다</u> . (께서는 / 가셨어요 .)

3. 저는 토요일에 서점에 <u>갔습니다</u> . (갔어요 .)

4. 어머니<u>는</u> 한국 드라마를 <u>보셨습니다</u> . (께서는 / 보셨어요 .)

替換練習 2

1. 동창회라서 / 밥도 먹고 노래방도 갔어요 . / 재미있었어요 . / 드셨습니까 ? / 친구는 불고기를 먹 /

  설렁탕을 먹었어요 . / 회사에 갔어요 .

2. 여동생이 한국에 와서 / 관광도 하고 쇼핑도 했어요 . / 좋았어요 . / 사셨습니까 ? /

  여동생은 옷하고 이불을 사 / 책을 샀어요 . / 부장님하고 출장을 갔어요 .

短句練習 2

① 오셨습니까 ? / 오셨어요 ? / 많아

② 가셨습니까 ? / 가셨어요 ? / 와

翻譯練習 2

1. 주말이라서 사람이 <u>많습니다</u> . (많아요 .)

2. 백화점에서 세일해서 많이 <u>샀습니다</u> . (샀어요 .)

3. 지하철이 빨라서 <u>편리합니다</u> . (편리해요 .)

4. 한국이 아름다워서 <u>좋아합니다</u> . (좋아해요 .)

解答

第 8 課 解答 8과 해답

替換練習 1

1. 간장게장을 / 게장을 / 짜세요 ? / 간장게장은 / 짜

2. 초콜릿 케이크를 / 초콜릿 / 다세요 ? / 초콜릿은 / 달

短句練習 1

① 춥

② 왔

③ 가고 싶

翻譯練習 1

1. 김치를 좋아하지만 매워요 .

2. 어제는 비가 왔지만 안 추웠어요 . (춥지 않았어요)

3. 저는 김치찌개를 먹지만 친구는 불고기를 먹어요 .

4. 비가 오지만 여행을 가고 싶어요 .

替換練習 2

1. 친구를 만나셨어요 ? / 못 만났어요 . / 만나고 싶었 / 아파 / 못 만났어요 . / 영화를 보

2. 영화를 보셨어요 ? / 못 봤어요 . / 보고 싶었 / 바빠 / 못 봤어요 . / 치킨을 먹

短句練習 2

① 보 / 없어

② 먹고 싶어 했 / 매워

翻譯練習 2

1. 수지 씨 친구는 어디에 가고 싶어 <u>하세요</u> ? （有代入敬語法）

　　　　　　　　　　 가고 싶어 해요 ? （沒有代入敬語法）

2. 바빠서 영화를 못 봐요 .

3. 저는 영화를 보고 싶지만 친구는 드라마를 보고 싶어 해요 .

4. 어제는 너무 피곤해서 운동을 못 했어요 .

替換練習 1

1. 주말 / 토요일 / 등산할 거예요 . / 가족 / 등산하겠어요 . / 집에서 쉬겠어요 .

2. 월요일 / 월요일 / 한국어를 배울 거예요 . / 친구 / 배우겠어요 . / 영화를 보겠어요 .

短句練習 1

① 사시겠습니까 ? / 살 거예요 .

② 만나시겠습니까 ? / 만날 거예요 .

翻譯練習 1

1. 저는 수요일에 한국어를 배울 거예요 . (배우겠어요 .)

2. 어디에 가실 거예요 ? (가시겠어요 ?)

3. 내일 (은) 추울 거예요 . (춥겠어요 .)

4. 이것이 좋을 거예요 . (좋겠어요 .) 或 이것이 나을 거예요 . (낫겠어요)

　　※ 이것이 = 이게

替換練習 2

1. 읽으시겠어요 ? / 이 책을 / 읽겠어요 . / 이 책은 / 어려울 거예요 . / 그 책을 읽을게요 . /
　 역사책을 읽겠어요 .

2. 시키시겠어요 ? / 초콜릿 케이크를 / 먹겠어요 . / 초콜릿 케이크는 / 달 거예요 . /
　 치즈 케이크를 먹을게요 . / 딸기 케이크를 먹겠어요 .

短句練習 2

① 드시겠어요 ? / 마시겠습니다 . (마실게요 .)

② 가시겠어요 ? / 가겠습니다 . (갈게요 .)

翻譯練習 2

1. 학생들은 힘들겠어요 .

2. 한국은 지금 춥겠어요 . (추울 거예요 .)

3. 이 영화가 재미있겠어요 . (재미있을 거예요 .)

4. 가 : 내일 누가 가시겠어요 ?

　　나 : 제가 가겠습니다 . (갈게요 .)

解答

길	路
길거리	街道
길거리 공연	街頭表演
길다㉣	長
김치	泡菜
김치찌개	泡菜鍋
께	「에게 / 한테」的尊敬單字
끝내다	結束

ㄴ	中文
나가다	出去
나라	國家
나쁘다㊀	壞；不好
날씨	天氣
날마다	每天
남대문 시장	南大門市場
남동생	弟弟
남자 사람 친구	男性朋友（簡稱「남사친」）
남자 친구	男朋友（簡稱「남친」）
낫다㊅	比較好；（V）痊癒
낮다	低
내일	明天
냉장고	冰箱
넓다	寬
넣다	放在～裡
네	是（可與「예」替換使用）
노래방	KTV
놀다㉣	玩

높다	高
놓다	放在～上
누가	誰（누구＋가）
누구	誰
누나	姊姊（男生稱呼女生）
눈	眼睛；雪
느끼하다	油膩
늦다	遲到；晚；來不及

ㄷㄸ	中文
N 등	N 等等
N 들	N 們（2 個以上的人事物）
다나카	田中（人名；日本姓氏）
다음	下一（個；次……）
닫다	關（非電源類）
달	月；月亮
달다㉣	甜
닭발	雞腳
담배	香菸
담백하다	清淡
대구	大邱（韓國地名）
대리	代理（稱呼時加「님」，대리님）
대만	臺灣
대만 사람	臺灣人（國名＋사람）
대표	代表（稱呼時加「님」，대표님）
대학로	大學路（韓國地名）
더	更

더 + A	更 A
더 + V	再 V
덥다ⓗ	熱
~도	～也
도서관	圖書館
도와주다	幫助
도와 드리다	幫助（敬語體）
도착하다	到達
독일	德國
독학하다	自學
돈	錢
돌아가다	轉；回去；轉動
돕다ⓗ	幫助
동문회	校友會
동생	弟弟；妹妹
동아리	學校社團
동창회	同學會
동호회	同好會
되다	可以；成為；變成～
뒤	後面
드라마	連續劇（drama）
듣다ⓒ	聽
등산하다	爬山；登山
또	又
똑똑하다	聰明

ㅁ	中文
마시다	喝
막장드라마	狗血劇
만나다	見面；交往
만들다ⓔ	做；製作

많이	多；很
많이 + A	很 A
많이 + V	V 很多
맛있다	好吃
맞은편	對面；對方
매일	每天
맨날	每天
맥주	啤酒
맵다ⓗ	辣
먹다	吃
먼저	先；先前（之前）
멀다ⓔ	遠
멋있다	帥
멜로드라마	愛情劇（melodrama）
모레	後天
모범생	模範生
모임	聚會
모자	帽子
목	脖子；喉嚨
목도리	圍巾
목요일	星期四
무슨 요일	星期幾
무슨 + N	什麼 N
무엇	什麼（同「뭐」）
무엇을 + V	V 什麼
묻다	埋；沾到
묻다ⓒ	問
물어보다	問問看
미국	美國
미안하다	抱歉；對不起； 不好意思
밑	下面；底下

ㅂ ㅃ	中文
(N 이 / 가) 보이다	看見 N
바다	海；海邊
바닷가	海邊
바지	褲子
반가워요	很高興認識你（原形為「반갑다」）
받다	接；接受；收受
밥	飯
방	房間
방학	放假（學校的寒暑假）
배고프다	肚子餓
백화점	百貨公司
벗다	脫
버스킹	街頭表演（busking）
벽	牆壁
병원	醫院
보내다	寄；渡過（時間）
본부장	本部長（稱呼時加「님」，본부장님）
본사	總公司
봄	春天
부대찌개	部隊鍋
부사장	副社長；副總（稱呼時加「님」，부사장님）
부산	釜山（韓國地名）
부장	部長（稱呼時加「님」，부장님）
부장님	部長
부치다	寄；煎
부터	開始
불고기	烤肉

붓다ⓢ	腫
비	雨
비빔밥	拌飯
비싸다	貴
빗다	梳
빨갛다ⓗ	紅

ㅅ ㅆ	中文
N 을 / 를 세다	數 N
사다	買
사람	人
사랑하다	愛
사이	中間
사장	社長；總經理（稱呼時加「님」，사장님）
사전	字典
살다	住；生活
삼계탕	蔘雞湯
생일	生日
생일 파티	生日派對
샤부샤부	火鍋；涮涮鍋（しゃぶしゃぶ；shabu-shabu）
서다	站
서울	首爾（韓國地名）
서점	書局
선물	禮物
선생님	老師
세계	世界
세다	數
세다	大；強（風、力氣等）
세일하다	打折（sale）

셔츠	襯衫（shirts）
소포	包裹
수고하다	辛苦；受苦
수영	游泳
수영하다	游泳
수영을 하다	游泳
수요일	星期三
술	酒
쉬다	休息
스카프	絲巾（scarf）
스커트	裙子（skirt）
스마트폰	智慧型手機（smart phone）
시다	酸
시키다	點（餐點）
시험	考試
신발	鞋
실례지만	不好意思；打擾一下
실례하지만	不好意思；打擾一下
싱겁다ⓗ	淡（指不好吃的淡）
싸다	便宜
쌀쌀하다	涼
쌈지길	森吉街（仁寺洞的人人商場）
쓰다（一）	寫；用
쓰다（一）	苦
씹다	嚼
씻다	洗

ㅇ	中文
아니요	不
아래	下面；底下
아름답다ⓗ	美麗

아리산	阿里山（臺灣地名）
아버지	父親；爸爸
아빠	爸爸
아이	孩子
아주	非常；很
안	裡面
앉다	坐
앞	前面
애	孩子
야근하다	加班（逾下班時間仍須工作）
약국	藥局
약사	藥師
어느 N	哪（個）N
어느 것	哪一個
어디	哪裡
어떻다ⓗ	如何
어렵다ⓗ	難
어머니	母親；媽媽
어학당	語學堂
언니	姊姊（女生稱呼女生）
엄마	媽媽
없다	沒有；不在
에게	動作接受方之助詞
여기	這裡
여기서	在這裡；從這裡
여기에서	在這裡；從這裡
여동생	妹妹
여름	夏天
여자 사람 친구	女性朋友（簡稱「여사친」）
여자 친구	女朋友（簡稱「여친」）

여쭤보다	請教	이사	理事（稱呼時加「님」，이사님）
여행	旅行	이쪽	這邊
여행을 가다	去旅行	인터넷	網路（internet）
역사	歷史	일	事情；工作
연극	舞台劇	일본	日本
연속극	連續劇	일요일	星期日
영국	英國	일을 하다	工作
영화관	電影院	일하다	工作
옆	旁邊	읽다	閱讀；唸
예쁘다ⓔ	漂亮	잇다ⓢ	接續；傳承
오늘	今天	있다	在；（A）有
오다	來；下（雨；雪）		
오르다ⓡ	上升；上漲		
오른쪽	右邊	ㅈㅉ	中文
오빠	哥哥（女生稱呼男生）	자다	睡覺
옷	衣服	작다	小；（身高）矮
왜	為什麼	장갑	手套
왼쪽	左邊	재미없다	無趣；不好玩
운동을 하다	運動	재미있다	有趣；好玩（可縮寫為「재밌다」）
운동하다	運動	저	我（謙遜用法）
월요일	星期一	저 N	這（個）N（離話者最遠的）
위	上面；胃	저것	那個（同「저거」）（最遠的）
위험하다	危險	저기	那裡（最遠的）
음주운전	酒駕	저기서	在那裡；從那裡（最遠的）
의자	椅子	저기에서	在那裡；從那裡（最遠的）
이 N	這（個）N	저분	那位（離話者最遠）
이것	這個（同「이거」）	저쪽	那邊（最遠）
이르다ⓔ	到達；達到	전망대	瞭望台
이르다ⓡ	早		
이미	已經		
이분	這位		
이불 가게	棉被店		

전철	地下鐵
정장	西裝；套裝
저에게	給我；對我（나에게）
제가	我（저＋가）
제게	給我；對我（내게）
조금	有點；一點點；稍微
좀	有點；一點點；稍微（「조금」的縮寫）
좁다ⓗ	窄
종로	鍾路（韓國地名）
좋다	好
좋아하다	喜歡
죄송하다	抱歉；對不起；不好意思
주	週
주말	週末
주스	果汁
주인공	主角
주임	主任（稱呼時加「님」，주임님）
죽다	死
준비하다	準備
중간	中間
중국	中國
즐겁다ⓗ	開心；愉快
지금	現在
지도	地圖
지사	分公司
지하철	地下鐵
식원	員工
직장인	上班族
집	家

짜다	鹹
쭉 가다	直走

ㅊ	中文
차장	次長（稱呼時加「님」，차장님）
참	非常；很
책	書
책상	書桌
천장	天花板
청소하다	打掃
초콜릿	巧克力（chocolate）
출장	出差
춥다ⓗ	冷
치마	裙子
치즈	起司（cheese）
치킨	炸雞（chicken）
친절하다	親切
침대	床

ㅋ	中文
카페	咖啡廳（café）
커피	咖啡
커피숍	咖啡廳（coffe shop）
케이블카	纜車（cable car）
케이크	蛋糕（cake）
켜다	開（電源類）；火
코	鼻子
코트	大衣
콘서트	演唱會（concert）
쿠키	餅乾（cookie）

크다	大；（身高）高
키	身高

ㅌ	中文
텔레비전	電視（television）
토요일	星期六
티셔츠	T恤
티켓	票（ticket）
팀장	副理；經理（team leader）（稱呼時加「님」，팀장님）

ㅍ	中文
파티	派對（party）
패딩	羽絨或鋪棉等外套
팬	粉絲（fan）
편리하다	方便；便利
편의점	便利商店
편지	信
포기하다	放棄
표	票
푸다㉠	舀（出）
푸르다㉣	青；綠；藍
프랑스	法國
피곤하다	疲倦

ㅊ	中文
N(으)로 하다	表示選擇
하고	和
하얗다ㅎ	白

하지만	但是；可是（用於轉折）
학교	學校
학생	學生
학원	補習班
학창 시절	學生時期
한국	韓國
한국 드라마	韓劇
한국어책	韓文書
한테	動作接受方之助詞

ㅎ	中文
할머니	奶奶
할아버지	爺爺
합격하다	合格；考上
핸드폰	手機（hand phone）
햄버거	漢堡（hamburger）
행인	路人
헤어지다	分手
헬스장	健身房（health 場）
헬스클럽	健身房（health club）
휴대전화	手機
형	哥哥（男生稱呼男生）
화요일	星期二
회사	公司
회사원	上班族
회장	會長（稱呼時加「님」，회장님）
힘들다	累；困難；煎熬

國家圖書館出版品預行編目資料

韓國語，一學就上手！〈初級1〉/ 張莉荃著
-- 初版 -- 臺北市：瑞蘭國際, 2020.06
208面；19 × 26公分 --（外語學習系列；77）
ISBN：978-957-9138-78-9（平裝）
1.韓語 2.讀本

803.28　　　　　　　　　　　　　109005181

外語學習系列 77

韓國語，一學就上手！〈初級1〉

作者｜張莉荃
責任編輯｜潘治婷、王愿琦
校對｜張莉荃、潘治婷、王愿琦

韓語錄音｜張莉荃、李知勳
錄音室｜采漾錄音製作有限公司
封面設計、版型設計｜劉麗雪
內文排版｜陳如琪、方皓承
美術插畫｜林士偉、Syuan Ho

瑞蘭國際出版

董事長｜張暖彗·社長兼總編輯｜王愿琦
編輯部
副總編輯｜葉仲芸·副主編｜潘治婷·文字編輯｜鄧元婷
美術編輯｜陳如琪
業務部
副理｜楊米琪·組長｜林湲洵·專員｜張毓庭

出版社｜瑞蘭國際有限公司·地址｜台北市大安區安和路一段104號7樓之1
電話｜(02)2700-4625·傳真｜(02)2700-4622·訂購專線｜(02)2700-4625
劃撥帳號｜19914152 瑞蘭國際有限公司
瑞蘭國際網路書城｜www.genki-japan.com.tw

法律顧問｜海灣國際法律事務所　呂錦峯律師

總經銷｜聯合發行股份有限公司·電話｜(02)2917-8022、2917-8042
傳真｜(02)2915-6275、2915-7212·印刷｜科億印刷股份有限公司
出版日期｜2020年06月初版1刷·定價｜420元·ISBN｜978-957-9138-78-9
　　　　　2021年04月初版2刷